JN039169

隠居暮らしのおっさん、女王陛下の剣となる

～引退騎士は娘のために王国筆頭騎士に返り咲く～

天酒之瓢
HISAGO AMAZAKE-NO

イラスト みことあけみ
AKEMI MIKOTO

「君は……カリナジェミアの娘なのかッ!?」
「はい。そして母から聞いた父親の名は……『ワット・シアーズ』」
「アンナ嬢は君の娘だと聞いていたが、偽装ということか?」
オットー・ソコム
フロントエッジシティを運営する「男爵商会／ソコム商会」の会頭。
「つまり、あなたです」
ワット・シアーズ
元近衛騎士団所属の筆頭騎士。現在は最辺境の地で貨物運びの日々を送っている。
アンナ・タリス
ワットの実の娘にしてオグデン王国、現第一王子の娘。

「さすがは僕の師匠！
ビシッと喧嘩止めてくれたんですね！」
「まぁまぁシアーズさん！
私に会いに来てくれたんですか？」
タキス・アーマスト
ソコム商会の受付嬢。
ワットに淡い想いを抱いている。
メディエ・ソコム
ソコム商会の一人娘にして
狩人ギルドの看板娘。
「あなたは切り込み隊長じゃなくて
騎士団長だったでしょう」
キャローム・アエストル
ワットが筆頭棋士だった頃の
元同僚にして、現近衛騎士団団長。

娘と弟子(?)と一緒に
「すごかったんだよ師匠。
小さい頃だったけどはっきり覚えてるなぁ」
「お父様のこと、
ぜひお聞きしたいです」

思わぬ形で最強《おっさん》は王都へ帰還する

「師匠！　どうして動かないの⁉
なんとかしてよ！」
「俺は……！」

「私のことはもう、お忘れください……さようなら」
レザマ・オグデン
オグデン王国の第一王子。
己の意を通すためには強引な手段も辞さず、
かつてワットから恋人を強奪した。
「そうだ、それで良い」

CONTENTS

隠居暮らしのおっさん、女王陛下の剣となる
~引退騎士は娘のために王国筆頭騎士に返り咲く~
天酒之瓢
HISAGO AMAZAKE-NO
イラスト みことあけみ
AKEMI MIKOTO

第一話　辺境都市のワット

太陽が昇り始めたばかりの時刻、薄暗い森に騒々しい足音が響き渡る。

音の出どころは森を貫く線路を走る機関車――その巨大な八本の脚が大地を叩（たた）くたび土煙と共に音が跳ねた。

「もうこんなところまで……」

少女は客車で揺られながらぼうっと明けゆく空を眺めていた。この列脚車は夜通し走り終着駅へと朝に着く。空模様から見てそろそろ目的地が見えてくる頃合いだろう。

そんなことを考えている間に森林を抜け視界が開けた。次に目に入るのは巨大な壁、街を囲む防壁である。彼女を乗せた列脚車はブレーキの絶叫を響かせ、車体の各部からもうもうと蒸気を噴きだしながら減速していった。壁を抜ければ駅は目前、長い列脚車の旅はようやく終わりを告げる。

ここはもうオグデン王国南方、王国縦断鉄脚道（キングダムズトレイル）の終着点にして最辺境の街――『フロントエッジシティ』だ。

「この街のどこかに、あの人がいる」

立ち込めた蒸気が流れ去ったところで客車からばらばらと客が降り始め、あらかたはけたところで少女が駅に降り立った。人々がこの地を訪れる理由は様々だったが、始着便を利用するのは大半が商売人である。そんなくたびれた男たちの中で少女は場違いな雰囲気を醸し出していた。

ぱっと見は簡素だが仕立ての良い服。長く伸ばした赤毛の下で多分に幼さが残る表情を引き締めている。

「お母様、私頑張ります！」

彼女が両手で旅行鞄を抱え決意と共に一歩を踏み出した瞬間、にわかに周囲が暗くなり。

「危ねぇッ!!」

「へ？」

叫び声に驚いて顔を上げた彼女の視界を、巨大な貨物箱が埋め尽くした――。

◆

「ふぁあ～。おはっさ～ん」

「おはようございます、『ワット・シアーズ』主任～。もう、しゃっきりしてくださいよ」

「いや君らは若いからいいけどね。四十も近くなると朝はキツいのよコレが」

太陽よりも早起きするのは人類には無理なのではないか。どうでもいい思いを胸に『ワット・シアーズ』は今日も職場である『フロントエッジシティ中央駅』へとやってきた。挨拶がてら部下のつむじを眺めながらしみじみと呟く。なにせワットは二メートル近い長身にがっしりとした体つきをしている。ともすれば威圧感を伴う外見を、身にまとうとぼけた雰囲気が辛うじて中和していた。

とある理由からこの職場にいるのはほとんどが二十台前後の者ばかり。悲しきかな彼は当年とって三九歳と一人で平均年齢を上げている。さらには職場唯一の十年選手として主任の役職をいただいているのだった。

「おっと、そろそろ始着便が来る頃合いか」

ほぼ同時にがしゃがしゃと賑（にぎ）やかな音を連れて列脚車が駅へと滑り込んできた。八本の足を備えた先頭車両が彼らの目の前を過ぎて停まる。

「こいつ、いつ見てもキモいですよねぇ」

「あっはは、これでもいちおう八脚馬（スレイプニール）をモチーフとした王国縦断鉄脚道の顔なんだけど～？」

「どう見ても蜘蛛（くも）ですよ」

「脚を外向けにつけたのはマズかったよねぇ」

先頭にある機関脚車は多数の列脚車を牽（ひ）いて王国を走り抜ける、パワーとタフネスに優れた素晴らしい車両である。ただちょっとばかり外見が絶望的に気持ち悪いだけで。

「はいは～い皆、今日も一日お仕事頑張りましょう。いつも通り安全第一でよろしくね～」

手を叩いて促せば、まばらに返事をして若者たちが動き出した。彼らの仕事内容は貨物車両から荷を下ろすことであり、そのための仕事道具が並んだ場所へと向かう。そこにあったのは巨大な人型機械であった。正確には巨大人型魔道具とでも言うべき代物であり、通称を『鉄獣機（マシンスティール）』という。

「それじゃクズ魔石食わせてって」

「うぃっす～」

力自慢の若者たちが袋詰めの魔石を抱えてくる。鉄獣機の腹にあるハッチを開いて、奥にある動力炉――『魔心核（マシンハート）』へと目いっぱいに詰め込んだ。

「は～やっぱ肩に来るッスね。これクズ魔石じゃなくてもっといいの使えば軽くできんじゃないですか」

「なに年寄り臭いこと言ってんの。安さが売りの『マイルドブル』にそんなお高額（たか）い魔石回すわけないって」

『マイルドブル』と呼ばれたこの鉄獣機は頭のてっぺんまでが八メートルほど。ずんぐりとした身体に短い足、対照的に腕は全高に匹敵するほど長く、ともすれば地面につく。さらに胸の部分にはこれまた巨大な牛の頭蓋骨が埋め込まれていた。

鉄獣機とは魔力を動力にして動く魔道具の一種だ。中でもマイルドブルは『普獣級（ライブストック）』と呼ばれる比較的安価に作られた普及品であり、動力である魔石も最低品質のものを量で補っているのである。

「それじゃ搭乗開始～」

周囲に号令し、ワット自身も並んだマイルドブルのうち一機へと乗り込んでゆく。巨人の胸の中の空洞部へと収まると呼吸を落ち着けた。

「感覚同調（ハーモナイズ）……起動よーし、応答に問題なーし、機体確認よーしっ。はい動くよ、足元注意ね～」

気の抜けた警笛が鳴り響き、足元にいた者たちが素早く離れてゆく。全高八メートルの巨人に蹴飛ばされようものならただでは済まない。周囲の安全を確かめてからマイルドブルたちが歩き出した。

「うわっとっと……！」

「んん〜。やっぱ新入りはちょっと危なっかしいか。ほら力抜いて、あんまり気合入れすぎると逆に上手く動かないぞ。何事もほどほどにやってくのがコツってね」

「あ、ありがとございます！」

ワットはふらつく新人の機体の肩を摑んで支えた。乗り手は鉄獣機と感覚を同調させることで、巨大な人型を己の手足のように扱うことができる。しかしマイルドブルは人間と体型バランスが著しく異なっているため、慣れない者だと感覚の同調が上手くゆかずに失敗することが多々あった。

「安さが売りのブルにあんま期待するのも酷だけどな。ま、その辺はおっさんらしく若者を支えてあげようかね」

なにせ十年選手などワットしかいない。危なっかしい新人たちをフォローしつつ、彼も仕事に取りかかった。マイルドブルの巨体が貨物車へと向かい、載せられた貨物箱をむんずと持ち上げる。

とかく安価であることを売りに普及したマイルドブルではあるが、わりと壊滅的な性能の中ただひとつ膂力だけは目を瞠るものがある。重量のある貨物箱を危なげなく持ち上げ運ぶ様は、作業機械の面目躍如といえよう。


そうして順調に荷を下ろしている中、それは聞こえてきた。

「やばっ……！」

切羽詰まった声を耳に捉えたワットが反射的に振り返る。ぐらつく機体、勢い良く傾く貨物箱。ついに宙を舞った貨物箱の落ちる先には、今しもホームに降り立った乗客——年若い少女の姿があった。

「危ねぇッ!!」

叫んだ瞬間には動き出している。マイルドブルの短足では走っても高(たか)が知れている、それより彼は唯一と言っていい長所である腕力に賭けた。地面を全力でぶっ叩き、反動で吹っ飛ぶように進む。あと少し、減速する暇すら惜しい。機体を倒れ込ませ滑り込むように腕を伸ばし。あわやというところ少女の頭上で貨物箱をキャッチした。

「どっこいしょォ!!」

気を抜くには早い、またしてもマイルドブルの膂力の見せ所だ。伸ばした腕に力を込める。掌(てのひら)がミシリと音を立てて貨物箱にめり込みがっしりと固定した。そのまましばらく落ちてこないことを確かめ、ワットはようやく安堵(あんど)の吐息をつく。

「シアーズ主任！　大丈夫ですか!?」

集まってきた同僚たちに頷(うなず)いてみせ、ゆっくりと貨物箱をどける。そして機体から降りると、ワットはあわや下敷きになりかけた乗客の少女のもとへと全力で駆け寄り——そのままの勢いで直角に腰を折った。

「もーゥし訳ございませんお客様！　お怪我(けが)などございませんでしょうかぁッ！」

間髪をいれず頭を下げる！　これぞトラブル回避のための必須技能。相手が子供であろうと容赦はしない！　中間管理職とはまこと悲しき生き物であった。

ややあってワットが顔を上げると、そこには目を丸くした少女が固まっていた。身なりが良い。

おそらくは良家の子女、下手をすれば貴族階級の可能性すらある。ただそのわりに供の一人もいないところが引っかかるが。

そこまで考えたところでふと妙な既視感を覚えた。彼女の翡翠(ひすい)色の瞳にはどこか見覚えがあって

――ワットがぼうっとしている間に、少女はふわりと微笑(ほほえ)んで口を開いた。

「あなたは……いえ、大丈夫です。どこも怪我しておりません。危ういところを助けていただきありがとうございました」

「いっ、いえいえ！　そもそもこちらの不手際が原因ですので！　お怪我がなくてなによりですッ！」

ワットは慌ててもう一度頭を下げながら、思っていたよりも相手の物腰が柔らかいことにひそかに安堵の息を吐いた。これなら最悪の事態は防げそうである。

「それでは後ほど。お勤め頑張ってくださいね」

少女はそれ以上怒ることもなく優雅な一礼を残して去ってゆく。

その姿が改札の向こうへ消えたところで、ワットのところに事故を起こした新人がやってきた。

「すいませんシアーズ主任、俺……」

「バッカ野郎が無理しやがって。新人はもっと小型の箱から始めろっていつも言ってるでしょ」

「……その、稼ぎたくて」

ワットは特大のため息と共にそれ以上の言葉を呑(の)み込んだ。ああそうだ、大型の貨物箱を運ぶほど手当てが多くなる。気持ちは痛いほどわかるが、それで事故を起こしては元も子もないだろうに。

「本当、優しいお嬢さんで良かったなぁ。とりあえずここの片付けは任せていいか。俺、ちょっくら会頭（ボス）と話してくるから」

「あっ。やっぱり俺、クビなんですか⁉」

「早まりなさんな、別にとって食いやしないって。ただボスに隠し事なんかしたらそっちのが怖いからな」

若い部下をなだめ、ひらひらと手を振りながら歩き出す。

「はぁ～あ。俺のブルちゃんも傷だらけになっちゃったし、こりゃ大目玉かなぁ」

駅舎から離れたところで一人がっくりと肩を落とした。嫌な役目だからと逃げるわけにもいかない、やはり中間管理職とは悲しき存在なのである。

◆

街の中心部にある一番大きな建物、それが『ソコム商会』の本館である。

ソコム商会は別名『男爵商会（バロンズカンパニー）』とも呼ばれており、会頭である『オットー・ソコム』男爵はこの街の領主を兼ねていた。フロントエッジシティ中央駅自体は王国の所有物だが従業員はソコム商会の人間である、つまりはワットにとっては雇い主というわけだ。

商会の建物に入るとこざっぱりとした受付があり、見目麗しいお嬢様がたが座っていた。受付嬢のうち一人がワットの姿を見かけるなり勢い良く立ち上がる。

「まぁまぁシアーズさん！　こちらに来られるなんて珍しいですね！　私に会いに来てくれたんですか？」

「ははは、もちろんと言いたいところなんだけどねタキス嬢、今日はあんまり嬉（うれ）しくない用事なのよ。駅で新人がトチっちゃってね、会頭と話したいんだけどいける？」

「むぅ残念です、ではまた今度ゆっくりお話ししましょうね！　聞いてきまーす」

　タキスと呼ばれた受付嬢が奥へと尋ねにいっている間、残りの受付嬢と雑談をかわして待つ。オットーは会頭と領主という忙しい職業をふたつ兼ねる超多忙の身にも関わらず、ワットはすんなりと執務室へと案内された。

「……また事故か。最近、新人の質が落ちてきてるな」

「いやぁ面目次第もない」

　執務室の机についたオットーはどこか神経質そうに眼を眇（すが）めた。それなりに長い付き合いの上にワットとそれほど歳（とし）が離れていないこともあって、裏では気さくに話せる相手である。

「だけどやっぱ皆、あっちを希望するからさ。うちに来るのは言っちゃあなんだが落ちこぼれだもの」

　二人して見た窓の外を鉄獣機が歩いていった。マイルドブルとは比べ物にならないがっしりとして均整の取れたボディ、より上位の機種である『魔獣級（ブルート）』に属する機体だ。

「『鉄機手（スティールライダー）』はこの街の花形だからな。彼らなくしては我が商会も立ちゆかない」

　『鉄機手』、それは鉄獣機を駆り魔物（モンスター）と戦う者たちを指す。本来は鉄獣機の乗り手全般を指す言葉だったが、少し意味が違っているのはこの街ならではだろう。

「わかってますよぉ。でもおかげで荷運び(ウチ)はよくてお金稼ぎか、下手すりゃ操縦訓練みたいに思われてんだもの」

「噂(うわさ)は聞いているぞ。君の面倒見が良すぎるからそうやって寄りかかられるんじゃないか」

「……そんなことはないと思うます」

目を逸(そ)らしておいたが耳の痛い話である。最初の頃こそ荷運びでお金を貯めて自前の鉄獣機を買い、鉄機手としてデビューするのが定番の流れであった。しかしワットがあれこれと親心を発揮して新人たちがメキメキと腕を伸ばし始めてしまったおかげで、今ではすっかりと訓練目的の若者たちで溢(あふ)れかえる始末である。

「いい歳したおっさんとしては、未来ある若者を応援してあげたいじゃないですか。やっぱ」

「育成もいいがね。私としては君自身が鉄機手になってくれた方が心強いのだが」

「勘弁してくださいよぉ会頭、そんな無理の利く歳じゃあないですって。それに今の仕事気に入ってるんですよ。こう、皆の下支えって感じがして。あっとそれじゃ報告は以上ですんで！」

「まったく君という男は……へマした新人はしごいておいてくれよ」

ワットは素早く一礼すると踵(きびす)を返して退散してゆく。後ろから聞こえてきた強めのため息は聞かなかったことにした。

本館を飛び出したワットを喧騒(けんそう)が包み込む。

「さぁさぁ今日の相場だよー！　取った取った、依頼はいつもの早い者勝ちだからね‼」

お立ち台に上がった少女が声を張り上げるたび、集団からの怒号めいた鬨(とき)の声が応える。

「この魔物はいただきだ！　稼ぐぜー！」

「小粒だが値上がりしてるな。こいつを複数もらっていこう」

「はぁ。こいつさえ狩れれば借りた金もチャラに……だけどヤバい勝てる気しない……」

本館の隣は、これまた街の重要施設である鉄機手のための施設――狩人(ハンターズ)ギルドの会館となっている。

ギルド会館の前には多数の掲示板があり、魔物の似姿と値段が合わせて貼り出されていた。その下には依頼票と呼ばれる木札が下げられており、物々しい出(い)で立ちの男女が我先にと奪い合っている。

「ありゃ、もう貼り出しの時間か。結構話し込んじまったな」

ワットは人ごみを器用にすり抜けてゆく。鉄機手(スティールライダー)たちが依頼票を奪い合う光景なんて日常茶飯事、フロントエッジシティ早朝の名物と言ってもいい。これくらいで立ち止まっているようじゃこの街では生きてゆけないのだ。

「おい！　この依頼は俺たちが先に目を付けてたんだぞ！」

「あァ？　獲(と)るのが遅せーのが悪いんだろがァ！」

依頼票は基本、早い者勝ち。さらに血の気の多い鉄機手たちのこと、ぶつかり合いも少なくない。それも含めての名物――と言いたいところだが、行く手を塞ぐように喧嘩(けんか)が起こるとなればワットも黙ってはいられなかった。こっそりと近づき両者の襟首をつかんで持ち上げる。

「はーい、そこまでねー。鉄機手の街中での喧嘩はご法度。君らも知ってるでしょ」

「なんだてめぇ⁉　横から口突っ込みやがっ……ワ、ワットの旦那⁉」

彼の大柄な身体から繰り出される膂力は相当なもの。男たちがいくらもがいても小動もしない。

「そこ。僕の目の前で戦り合おうだなんて、いい度胸してるねー！」

そのうちにギルド会館の前で声を張り上げていた少女が騒ぎに気付いてやってきた。瞬間、男たちの顔色が赤から青へと変じる。

「め、メディエお嬢様……」

『メディエ・ソコム』――ソコム商会会頭にしてフロントエッジシティを治めるソコム男爵、オットーの一人娘にして狩人ギルドの看板娘。つまりはこの街における絶対権力者の一人である。

「い、いやぁお嬢！　これはちょっとした励まし合いで！　なんにもトラブルなんてないですよ！」

「そうそう！　いい活が入るってもんですよ！」

ギルドに所属する鉄機手たちは鉄獣機という大きな力の所有を許されている。その代わり街中での暴力行為は厳禁であり、これを破れば鉄獣機と狩猟許可証を取り上げられてしまうのだ。そんなことになればもう飯の食い上げ。男たちが必死の形相で言い訳を並べ立てるのも、むべなるかな。

「ふーん、そーお？　そのまま仲良くできるなら見間違いにしておいてあげる」

「もちろんですお嬢！　仲良く依頼受けてきまーす！」

ワットが襟首を離すと男たちは爆速で走り去っていった。入れ替わりにメディエがやってくる。

笑顔の彼女とは対照的に、ワットはわずかに頬を引きつらせた。

「さすがは僕の師匠！　ビシッと喧嘩止めてくれたんですね！」

「ははは……たまたまね、通りすがったから」

メディエが小さな頃に少しだけ鉄獣機の操り方を手ほどきしたことがあり、それ以来ずっと師匠呼びされているのである。四〇間近の男としてはこっぱずかしさをかみ殺す他ない。

「本館に何か用事があったの？　あ、まさか僕に稽古をつけに来てくれた？」

「いや仕事だよ。駅でトラブってね、会頭に知らせてきたとこ」

「なぁんだ。それじゃ、これから練習見てくれるんだ？」

「いや待って？　すぐに職場戻るからね？　俺主任だからね？　いないとマズいからね？」

「ちぇーっ」

父が父なら娘も娘、なぜこうも親子そろってワットにあれこれ注文してくるのか。いくら荷運びだとしても背負いきれない期待である。その場をなんとか誤魔化しきり、彼はようやく職場へと帰りついたのだった。

「いやぁ今日はつっかれったねぇ」

日が傾いたところでワットたちは仕事上がりを迎える。色々と騒がしい一日だったがそれももう終わり。仕事帰りとは全ての労働者に与えられた赦しだ。なんとなく今日は一杯ひっかけるような気分でもない、ならば晩ごはんを食べる店は帰る道々探すとしよう。労働者の多いこの街では食堂や屋台の選択肢が広い。たまには新規開拓と洒落(しゃれ)こんでみてもいいかもしれない――。

そんな上機嫌も彼女と出会うまでのことだった。

「お待ちしていました。ワット・シアーズさん」

立ちはだかる人影に、ワットは目を瞬(またた)いた。見覚えがあるも何も、そこにいたのは早朝に事故から助け出した乗客の少女である。

「ええと俺、名乗りましたかね。それよかやっぱりどこか怪我ありましたか⁉　それはいけない。こんなところで立ち話も何だ、続きは駅舎の方で伺いますんで……」

「いいえ。私はあなたに会いに来たのです」

少女はワットのはぐらかしなど目もくれずじっと見つめてくる。強くまっすぐな瞳、再び強烈な既視感が湧きおこった。昔、確かに同じように見つめられた記憶がある――それが誰か思い出す前に、次の一言が彼の思考を木っ端(こっぱ)みじんに砕いた。

「私の名は『アンナ・タリス』。母の名は……『カリナジェミア・タリス』と申します」

「君は……カリナジェミアの娘なのかッ⁉」

既視感にいきなりの答えを叩きつけられた。そうだ、十数年前のあの時、彼は同じ翡翠色の瞳と見つめ合っていたではないか！　だが彼女は彼の前から消えさった――そんなワットの動揺が収まるのを待たず、アンナは言葉を続ける。

「はい。そして母から聞いた父親の名は……『ワット・シアーズ』」

今度こそ彼はぽかんと口をあけたまま固まり。

「つまり、あなたです」

その一言に心臓を刺し貫かれた。

第二話　わたしの居場所

――仕事帰りに呼び止められたら、いきなり見知らぬ実の娘が現れた。

（やっべぇ～～～ッ!?）

ワットは混乱の極みにあった。いや意味がわからない。既に浮かれた気分も晩ごはんのことも世界の果てまでぶっ飛んでいる。今はただこの状況をどう収めるか、そのためだけに頭をフル回転させていた。

「えーと、失礼でっすがお嬢さん？　申し訳ないが、参考までに、君の歳を教えていただければな～なんて」

「当年とって十六歳になります」

「んっぐっ」

命中(ビンゴ)！　大当たり(ジャックポット)！　『カリナジェミア(カリナ)・タリス』――彼女がワットと共にあったのはまさに十七年ほど前のこと。様々な、本当に様々な理由から彼女とは離れることになってしまったが、まさかあの頃の行為が実を結んでいようとは。何しろ彼には思い当たる節が山ほどあってしまう。

（本当はちょーっと泣きわめきたいけど！　いい歳こいたオッサンとしちゃあ、若い娘さんの前でそりゃあできない相談だわな！）

男というものはまったくもって損な生き物である。負けるとわかっていても虚勢を張らねばならぬ時があるのだ。足の震えは取れそうになかったが。

「はっ、ははっ。いやぁ、カリナは元気してるかい」

「はい。母は、たいへん元気にしております」

「そりゃあなにより。それとこれが最後の確認なんだけどさ……カリナの今の旦那の名前ってなぁ、わかるかい」

そこでアンナは目を伏せ、初めて微笑み以外の表情を見せる。

「……はい、もちろん。お養父様の名は、『レザマ・オグデン』です」

「変わりなく、か……疑って悪かったよ」

そうしてワットは星空を見上げた。長い、あまりに長いため息が流れてゆく。肺腑（はいふ）を絞るような吐息と共に、胸中の余計なものも流れ去ってゆくようだった。

（本当か？　なんて、すぐにわかってたことなのによ）

他ならぬ彼にとっては一目瞭然である。十七年前と同じ磨き上げられた宝石のような翡翠（ひすい）色の瞳と見つめあえば、そこに疑う余地などない。ただ少しばかり受け入れるまでの余裕が欲しかったに過ぎない。

「そうだ、レザマ・オグデンだ……。俺からカリナを奪い去ったあの野郎は、この国の第一王子殿下サマであらせられやがってね。つまり君もまた王族の一人ってことになる」

「……はい」

アンナに隠そうという気配はまったくなかった。単に嘘（うそ）が下手なのか、それとも母親に似てまっすぐすぎるのか。

それとしてワットの胸中には新たな疑問が浮かび上がっていた。

「何故（なぜ）なんだい。いくら俺が父親だからとて、いまさら探しに来る理由なんてないはずだろう」

さすがのアンナも返答をわずかにためらっていた。だが持ち前のまっすぐさで立ち直り、しっかりとワットの目を見つめ返す。

「……『継承選争（レガリスベルム）』が、始まったのです」

ワットは息を呑（の）み、表情を厳しくしていた。

「陛下の身に何か、あったのか」

「ご高齢のところに病を得られて……御典医からも、そう永くはないだろうと」

「そう、か。陛下がなぁ」

吐息と共に空を見上げれば、色々な想（おも）いが胸中を去来してゆく。

『継承選争』――それはオグデン王国において古くから続くしきたりであった。現王が退き次代の王を定めるため、王位継承権を持つ立候補者同士が競い合い選定貴族たちの投票によって決着する、流血なき戦い。少なくとも建前上はそうなっている。

ワットはしばし宙を眺め、やがて静かにアンナへと視線を戻した。

「流血なき戦いなんて嘯（うそぶ）いちゃあいるが裏じゃ権謀術数なんでもござれだ。そこに第一王子であるレザマの野郎が名乗り出ないわけがないとなれば……君も狙われているってところかい？」

「……おそらくそう、なのです。お母様もはっきりとは説明されませんでした。ただ人目をはばかるように私を逃がし、後はあなたを頼れと」

ワットの頭の中はここにいないカリナへの苦情と文句でいっぱいだった。やるにしてももっとスマートな方法がいくらでもあったじゃないかと。

「あなたは……いえ、お父様は未だお母様にとって切り札なのです。どうか助けていただけませんか？」

間髪いれず、ワットが素早く両手を上げた。

「ほい降参。全面降伏だ。いや～因果は巡るってねぇ！　ま、昔のやんちゃのケツを持つのも男の甲斐性ってモンでしょ。だから……父親としてできる限り君の力になろう。任せてくれ」

「……へ。あっ」

あまりにも軽く返されたものだから、アンナはぽかんと口を開いたまま固まっていた。しばらくして浮かんだのは戸惑いの表情である。

「なんだい。まだ何か不満がおあり？」

「いいえ！　そのようなことは！　……ですがその、こんなにすぐに頷いていただけるとは思っていなくて」

ワットは思わず小さく噴きだした。

「そりゃすまない、俺ァ考えるのは苦手でな。行動あるのみってね。それに年取ると若い奴の力になってやりたいと思うもんさ」

彼が頷いた理由はそれだけではなかったが、あえてアンナへと伝えることもないだろう。それは彼自身が心の奥底でわかっていればいいことである。

そうして話は終わりとばかりに振り返り。彼の思い通りだったのはここまでだった。

「さて、立ち話が長引いちまったな。荷物はそれだけかい？　とりあえず宿まで運んでいこうか……」

「いいえ……あの。お恥ずかしながら路銀もそれほど多くなく、宿はとっていないのです」

「ほ？」

「ですからお父様のご自宅に、お邪魔させていただければと」

やばい。さっそくワットの背中を冷や汗が流れ落ちてゆく。

「あ、いや。ちょっとウチは……」

「はい。こちらですよね？　存じ上げております。さ、参りましょう」

そうしてスタスタと歩き出すアンナの背中を慌てて追いかけたのだった。

◆

果たして。ワットの自宅の扉を開け、アンナは口を開いたまま固まっていた。

――だから嫌だったんだ、ワットは胸中で独り言ちる。娘を名乗る少女を受け入れる――言葉にしてみると簡単だが実行はとてつもなく困難である。なにせ彼は男やもめの一人暮らし。年頃の少女と暮らすなど夢にも思っていなかった。

　丸一日荷運び労働をこなして生計を立てる彼にとって生活の主体とは駅と商会であり、自宅というのは寝床兼物置といった扱いである。別段彼だけではなく、この街でそういった暮らしをしている者は特に珍しくもない。その結果として爆誕するのが見事な汚部屋であった。さすがにゴミこそ片付けられているものの寝床の置き場にも迷うような散らかった部屋を見回して、アンナさんは見事に眦（まなじり）を吊（つ）り上げたというわけである。

「……お父様。お話があります」

「いや！　その、なんだ。待ってくれ。こちらにも言い分はある。普段は駅の方で事足りるからね、ここに客を招くようなことは珍しくて……」

「掃除をします」

「えっ」

「もちろん突然訪れた非礼は私の責。お父様にばかり非があるとは思いません。ですので私の居所は私自身の手で作ろうと思います。よろしいですね？」

「は、はいっ。存分に……」

　こうと決めたら梃子（てこ）でも動かない強烈な意志、言い換えれば頑固者の見本のような表情である。初めて自分に似ているかもしれないなどと思い、ワットは少し嬉（うれ）しくなった。

「これはなんに使うのです？　これも全く使った形跡がありませんね」

「あっちょっ待って、お待ちください⁉　それまだ使えるしもしかしたら必要になるかもしれなぁぁぁ⁉」

「こんな物置の底にあったもの、使えるとしても取り出せません。ならばこの機会に処分してしまいましょう」

「なくなっちゃう！　なんにもなくなっちゃうよ⁉」

——などと暢気に考えていられたのも最初のうちだけだった。掃除を始めたアンナの力強いこと。みるみるうちに家の中から物がなくなってゆく。

「あれー？　これ早まったかなぁ……」

怒れる娘に勝てる父親などいない。出会ってまだ一日と経っていないにもかかわらず、ワットは既に普遍の真理へと辿り着いていたのだった。

この時、ワットは目の前の娘をなだめるのに必死で忘れていた。仕事上がりのひと時にこんな大騒ぎを起こせばどうなるかということを。

長身の大男を振り回す少女の存在はすぐさま周辺の知るところとなり。娯楽に乏しい辺境の街においての住民の醜聞ほど魅力的なものはない。噂話はさざ波のように広がり、ついでにあることないこと派手派手しい尾ひれ背びれをつけていったのである。

◆

「師匠！　説明してください！　これはどういうことですか！」

「えぇっとだね……」

　翌日、朝一で本館へとやってきたワットに投げつけられた言葉がこれである。

　昨晩は結局、掃除だ食事だとドタバタとしてしまった。そして寝床を決めるのにさらにもうひと悶着（もんちゃく）、眠りについたのはいつもよりずっと遅い時間だ。そのせいもあるだろう、ワットは力なく頭を抱えている。

「まさか！　私というものがありながら、こんなちんちくりんに手を出したんですかッ⁉」

「ちょおーっと⁉　勝手に師匠を私物化しないでよ！」

「お嬢様こそ、いち社員の事情に首を突っ込まないでくださいませんか⁉」

　受付でんごごとにらみ合うメディエとタキスを前に途方に暮れる。最初から受付にいたタキスはともかく――この際発言内容は無視するものとする――メディエはなんの用でこんなところにいるのか。いつものように鉄機手（スティールライダー）たちに激励を送らなくてよいのか、などとどうでもよい思いが脳裏を過る。

「はいはいそこまで！　まずは俺の話を聞いてちょうだい！」

　ともかく、このままでは本題に入る前に疲労困憊（こんぱい）で倒れてしまう。ワットは切実な思いでえいやっとばかりに割り込むと、背後に佇（たたず）むアンナを指し示した。

「こちらアンナ！　実は離れて暮らしてた俺の娘！　色々な事情があってしばらくこちらで預かることにしました！」

「ゑっ」

言われた瞬間、メディエとタキスが凍りついた。そりゃあこの街で暮らしてきた十年の間、一度も話題に出したことの無い娘が現れたら普通は驚く。なんならワット自身つい昨日知ったばかりだなどとはおくびにも出さないでおく。

「む、娘がいたんですか⁉　な、なぜいきなり来て……」

「あー、メディエお嬢。そこらへんにしておいてくれないか。俺にもちいと事情があってね」

「ッ……うん」

フロントエッジシティ、王国最辺境の地。この街の住人の多くが過去に背中を押されてここまで流れ着いた。昔話なんてどれもこれも楽しいものではない。だからこそこの街では余計な詮索をしないのが暗黙の了解となっているのである。

一息つき、ワットがようやく本題を切り出した。

「それで暮らすといって、俺も仕事あるでしょ。まさかおうちにずっと放っておくわけにもいかないし」

「確かにそうですよね……」

労働者用の住宅事情なぞ聞かなくともわかる。多少掃除をしたところで根本的に子供をずっと置いておくような場所ではない。

「すまないけど会頭に会える？　この子のことで色々話があってさ」

奥へと案内されると、執務室の机越しにオットーがいた。彼はワットが連れた娘を値踏みするよ

うに眺める。

「いきなり済まない。この子をここで雇ってもらえないでしょーか！」

「本当にいきなりだな。小耳に挟んだところ君はワットの娘さんだということだが、そうなのかい？」

「はい。アンナと申します、以後お見知りおきを」

「頼むよ〜、ここだとギリギリ俺の目が届くんだよ」

「ふむ。君はそれでいいのかな」

アンナがただの平民ではないことくらい、オットーには一目でわかった。所作が整いすぎている。これで平民だというのなら相当に裕福な商家の出か。いずれにせよ下っ端として雇われることに難色を示すかもしれない、そう考えての問いかけだったが。

「はい。私からもお願いいたします。父の厄介になる身として、何もしないのは心苦しいので」

「ワット、君の娘としてはずいぶんとできた子じゃないか」

「何も言い返せない」

「いいだろう。事務方で人手を求めていたな。まずは見習いとして入ってもらおう」

「ありがとうございますわ」

十六歳ともなればこの街では素敵な労働力である。見習いとして面倒を見るくらい大したことではないし、仮に仕事が合わなかったとしても何かしら雑用はあるだろう。オットーはそれくらいの気軽さで頷いた。

そうして数日後、今度はワットがオットーの執務室へと呼び出されていた。

「話というのは他でもない、アンナ嬢のことだ」

「ええっと、娘が何かマズったですかねぇ？」

アンナの過ごしてきた環境を思えば働くのは難しかったか、ワットがそんな風に考えているとオットーが首を横に振った。

「逆だ、すごいぞ。読み書き計算なんでもござれ、なにより仕事が非常に丁寧だ。こんなところで雑用をやらせていい人間ではないよ」

「あれ？　そんなに？」

「実は試しに鉄獣機(マシンスティール)も触らせてみたんだが」

「いやちょ、俺のいないとこで何やってんの⁉」

「なんと魔獣級(ブルート)を一発で乗りこなした。あれは普段から動かしている人間の動きだったな。預かるといった手前事務を任せているが、できればもっと大きな仕事をやってほしくなる」

これはまたずいぶんと気に入られてしまったらしい。とはいえ、アンナがそれほどまでに有能だというのはワットにとっても予想外だった。オットーに預けたのは、この街で男爵商会(バロンズカンパニー)に喧嘩(けんか)を売るバカはいないというのと、万が一何かあってもすぐ助けにいけるようにくらいの考えだったのに。

「なかなか鍛えがいのある子だよ」

「そこまで買ってくれるのは嬉(うれ)しいけどねぇ、あの子はずっとこの街にいるわけじゃないんだ。帰れるならそれに越したことはないのさ」

「……はぁ。まったくお前の娘だよ。有り余るほど能力があるというのに、肝心なことは何もしてくれない」

ため息交じりに言われては何も言い返せない。オットーには日頃から何かと世話になっているのだ、いずれちゃんと恩返しをしようと決意する――鉄機手になる以外のことで。

そんなことを考えていると、オットーが何気なく爆弾を投げつけてきた。

「それと、タキスがやたら世話を焼きたがってな」

「ちょっ……オットーさん⁉　お願いしますうちの娘守ってあげてぇ！」

「それとなく釘は刺しておいたよ。安心しろ、商会にいる分には下手なことはしないだろう」

オットーにこう言われては引き下がるしかない。ワットは、職場への行き帰りは自分が付き添おうと密かに決意したのだった。

◆

「やぁアンナちゃん。今朝の便でいい食材届いたんだ。ひとつどうだい？」

「ありがとうございます。まぁ、素敵なお野菜ですね」

「ありがとうねぇ！　もひとつオマケしとくよ！」

「おやおやお嬢さん、今日の夕食はお決まりかな。どうだい、うちの店で食べていかないかい」

「今日は帰って父と一緒に食べるつもりなんです」

「そうかい。またいつでも来ておくれよ」

日没ごろ、仕事を終えたワットはアンナを伴い家路についていた。街には夕食の良い匂いが満ち、仕事上がりの人々の胃を直撃してくる。食材を抱えて足早に帰る者、素直に食堂に吸い込まれてゆく者と様々だ。かつてワットが一人で暮らしていた時は食堂を利用するのが常だった。そんな毎日は娘と共に過ごすことで大きく変わり始めている。

「こんなにいただいてしまいました。お父様、少し持ってもらえますか？」

「あ、ああ」

アンナを連れて通りを歩くだけでそこかしこから声がかかる。新鮮な野菜やら肉類やらを勧められ、買えばおまけがついてくる。そうして彼女が笑顔を返すと皆満足げに頷くのである。いったいいつの間にこんなに人気に？　ワットは驚けばいいのか呆(あき)れればいいのかわからず曖昧な表情で荷物持ちに徹していた。

アンナはカリナジェミアの娘であるからには王族の一員なのである。家事とも労働とも無縁の人生を歩んできたはずがどうだ、目の前の彼女はワットなどよりもはるかに逞(たくま)しく生活している。

「お父様、どれも美味しそうな材料ですよ。帰ったら夕食を作りましょうね」

「やー、面倒くない？　別に適当に食べて帰ればいいんじゃない」

「そのズボラが日々の健康を損なうのです。もう若くないのですからそろそろ食生活を見直す時期ではないですか」

素晴らしく鋭利な指摘がぐっさりと胸に突き刺さる。すごい、まだ一緒に暮らし始めて一週間と経っていないのにもう一生勝てない気がする。これが父と娘というものか――などと感慨にふける余裕もない。

「おっ、今帰りですか師匠！　これは偶然ですねー！」

「いや家への帰り道の途中で待ち構えて偶然も何もないでしょ」

メディエ・ソコム嬢が道のど真ん中で胸を張っていたのだから。なにしてんのこの子、とワットが呆れている間にアンナが声をかけていた。

「メディエさんも今お帰りですか？　私たちはこれから夕食なのですけど、よければご一緒にどうですか」

「え？　いいの⁉　それじゃ仕方ないな～誘われちゃったんだものな～へへ～」

「あっちょい待ったアンナさん！　ちょーっと待って⁉」

「いいでしょう？　お父様。一緒に食べる人が多い方が楽しいですし。……それに私も歳の近いお友達が欲しいのです」

ダメ、そんな言葉は娘の視線一発で遥か彼方まで吹っ飛んでいった。ちょっとばかり上司兼街の領主の娘さんだけど全然大丈夫、きっと大丈夫。それに歳の近いお友達がいた方が良いというのも確かである。アンナがどれほどこの街にいるかはわからないが、その間ずっと仕事に従事して過ごせというのも酷だろう。

そんなわけでこの日の帰り道は急に華やかなことになっていた。オッサンが一人寂しく帰っていた時とは天と地ほども様子が違う。そして年頃の娘が二人そろえば無限におしゃべりが続くものだ。どちらかというとメディエが話してアンナが聞くといったかたちなのだが、よくも途切れずしゃべり続けられることである。

「どう？　この街に来てみて。ちょっと中央からは遠いかもだけど、良いところでしょ～」

「ええ、皆とても優しくていい方ばかりですし。いただいた仕事を頑張って、こうしてお父様と一緒に帰るというのも新鮮で……」

　翡翠色の瞳が細められる。中央――王都での暮らしはどんなものだったのだろう。十七年も前に去った場所である、ワットの想像力もずいぶんくすんでしまった。

「それにメディエさんともお友達になれて。私、毎日がとても楽しいのですよ」

「えへへ、そっか～！　困ったことがあったらなんでも僕に言ってよ！　僕、この街だとなんでもできるから！」

「いや何言ってんだお嬢」

「でしたらメディエさん。この街でお父様がどのように過ごされてきたか教えていただけませんか？　ずいぶんと時を空けたものですから……」

「いや何聞いてんのアンナ」

「任せてよ！　なんせ師匠はこの街で一番の鉄機手(スティールライダー)だからね！　話のタネには事欠かないよ～」

「いやいや、俺ただの駅員だから。それに一番ってなぁちょっと買いかぶりすぎじゃないかい」

「そうかな？　それでまずこの街は王国の端(はし)っこだからね！　周りは『帰らずの森』なんて呼ばれ

て魔物（モンスター）がいっぱい。だから鉄獣機に乗らないと危なくて入ってけないんだ」

「まぁ。それでここには鉄機手の方々が大勢いらっしゃるのですね」

「そうなんだけどね～たま～に狩り漏らしが街まで来ちゃうんだよねー。前なんて火鱗蜴（スコーチンググラード）の群れが押し寄せて来たのを、師匠が全部片付けてさ～」

「ありゃ仕方ないだろ。うちの職場が巻き込まれちまったんだから」

「狩人が森から帰ってこない時も、真っ先に捜しにいくしさ～」

「そりゃあ……新人時代にうちの職場で面倒見た奴も多いからよ。放っとくのも目覚めが悪いだろ」

「そんなだからパパに駅員やめて鉄機手やれって言われるんだよ～」

「はいやめ！　この話そろそろやめ！　オッサンのこたぁいいから君らのこと話しなさい！」

「ええ～いいじゃ～ん」

「私も、もっとお父様のことを聞きたいですのに……」

そんなこんなで、結局メディエはしっかりワットたちの家までついてきてたっぷりとご相伴にあずかって帰っていった。アンナの用意した夕食は美味しく、たいそう気に入ったメディエはまた来ると何度も念押ししていた。

◆

ほんの一週間前までとワットの生活は激変している。それが良いことなのか悪いことなのかはなんとも判断のつかないところだ。だが彼自身もなんだかんだ楽しんでいるのは確かなのだった。

今日も定刻通りに列脚車がやってくる。

フロントエッジシティ中央駅に発着する便はまばらである。なにせここは王国縦断鉄脚道（キングダムズトレイル）の終着点、列脚車はほぼ荷運びのためにあり、乗客など高が知れていた。

そんな中、珍しい乗客が駅に降り立つ。

「ゲホ、ゲホッ。なんて埃（ほこり）っぽい街だ。何が悲しくてこんな辺境くんだりまで来ねばならんのか……」

「正式な命令だからです、百人長」

「そんなことはわかっている！　まったく素面（しらふ）ではやってられんぞ」

男が二人。地味な装いだが隙のない着こなしが、彼らが相応の立場にいることを如実に表している。

文句を垂れつつ駅を出れば、まず目に入るのは荷運びの鉄獣機ばかり。絵に描いたようなのどかさに、否（いや）が応（おう）にもうんざりとした気分が増してゆく。

「さっさと目標を見つけ出して、こんな場所からおさらばしてやるぞ」

意気込んで懐から取り出した一枚の似顔絵。そこには豊かな赤毛と翡翠色の瞳が特徴的な少女の姿が描かれていた。

第三話　いてはならないもの

フロントエッジシティ中央駅の前には数台の機馬車が止まっている。

機馬車は一頭立ての普通の馬車のようで、よく見れば取りつけられているのは首のない馬という不気味な外観をしている。男たちは特に気にした様子もなく、近くで待機していた御者へと声をかけた。

「街の中心部までだ」

御者は頷（うなず）くと馬の首の代わりにぽっかりと空いた座席につく。馬の軀体（くたい）から御者の上半身が出ている姿はまるでケンタウロスのようである。この奇妙な乗り物も広義では鉄獣機（マシンスティール）のひとつで、街中を移動する足として利用されていた。

男たちを乗せた機馬車が走り出す。王都あたりだと頻繁に走っているものだがこの街では利用者はそう多くない。整備された大通りを進む主役は荷運びたちなのである。巨大な貨物箱を抱えたマイルドブルの一団がえっちらおっちら歩く傍らを機馬車が追い抜いていった。

「チッ。王都に比べてまったく優雅さに欠ける」

「さすがに比べるのはおこがましいでしょう」

そのうちに街の中心部へと着き、男たちは機馬車を降りて歩き出した。周囲を見回し、目についた食堂兼酒場といった店へと無造作に入ってゆく。昼飯時にはまだ少し早い時間帯、客はおらず店は閑散としていた。この街では住人のほとんどがソコム商会絡みで働いており、彼らの生活パターンはだいたい決まっているからだ。

男たちは厨房（ちゅうぼう）の奥の方で熱心に食事の仕込みをおこなっていた店主を呼びつける。

「おい、注文だ。早く来い」

「……へぃ、こんな時間にお客ですかい。少々お待ちを」

迷惑そうな様子を隠しもせず、店主はじろりと男たちの風体を見て取った。態度の大きさのわりに粗雑さはない、むしろきっちりすぎるほどきっちりとした着こなし。この街の人間ではなく中央あたりから来たのだろうと当たりをつける。

「あいにく仕込み中で、大した料理も出せませんがね」

「かまわん。適当な酒をいくらか」

注文を受けた店主が引っ込もうとしたところで男たちに呼び止められた。

「それと人を捜している。このあたりで見かけたことはないか」

「はぁ。拝見します」

差し出された似顔絵に描かれた少女らしき姿を見て、店主は目を細めた。すぐに素っ気なく首を横に振る。

「お綺麗（きれい）なお嬢さんですねぇ。あっしは知りませんが、ここいらは見ての通り荒っぽいところでして。いたらすぐにわかると思いますよ」

「フン。そんなことはわかっている。おい、注文を早くもってこい」

「へい……」

男たちは出された酒を一息に呷るとすぐ店から出ていった。彼らを見送った店主が下働きの少年を呼びつける。

「急いで駅まで走ってワットさんに伝えてこい。どうもアンナちゃんのことを探し回ってる奴らがいるとな」

頷いて駆け出してゆく下働きを見送り、店主は悪いことにならなければいいがと願わずにはいられなかった。

◆

「おいお前、聞きたいことがある」

「この似顔絵の女を知らないか。それらしい奴もいないのか」

「見かけない女がいたら報せろ。謝礼くらいは出してやる」

「本当に知らないのか？　これだけ目立つ見た目なんだぞ」

男たちはあちこち情報を捜し回っていた。似顔絵を示し、質問を重ね、微かな足跡も見逃すまいと捜しまわる。しかし街の住人たちの反応はどれも芳しくないものだった。曖昧な笑顔で知らぬ存ぜぬばかり、ロクな手がかりを得られぬまま時間だけが過ぎてゆく。

「どういうことだ。本当にこの街にいるのか？」

「ここまで収穫がないとなると、最初の情報から間違っていた可能性もありますね」

徒労感が募り、男たちはだんだんと苛立ちつつあった。かなうならしこたま酒を呷りたいところだったが、さすがに任務中に泥酔してしまうのはまずいと堪えている。

「こんなド田舎までやってきて無駄足だと。やってられんな」

「どうします。隊へはそのように報告しますか？」

年若い方が上位者である男へと問いかける。年嵩の男は少し考えて首を横に振った。

「上はそれなりの確信をもって命じてきたのだ。もう少し粘ってみるしかあるまい」

重い足取りで歩みを再開する。とはいえ闇雲に捜したところでまったく非効率なのは明白だ。任務のための資金はいくらか預けられている、あるいは賞金をかけて捜しても良いかもしれない。

「……いいえぇ、見かけませんねぇ」

そんなことを考えながら、またも聞き込みが空振りに終わったところでそれは起こった。

肩を落とす男たちの隣を軽やかに流れてゆく茜色。ひょっこりと顔を出した少女が、店先を眺めている。

「おばさん。今日のお夕飯なんですけど……」

「ッ！　お待ち！」

女店主が慌てて制止するも、一歩遅かった。男たちが目を見開く。柔らかなウェーブを描く赤毛、微笑んだ表情の下に細められた翡翠色の瞳までを確かめ、男たちは思わず叫んだ。

「アンナ・タリス……⁉　貴様ら、隠していたかぁッ‼」

いきなり名を呼ばれたアンナが驚いて振り向き、男たちの服装を見てすぐに事態を把握した。この街らしからぬ装いからは慣れ親しんだ王都の人間の匂いがする。

「早く逃げるんだよ！」

誰よりも早く動き出したのは女店主であった。突然、店の台を勢いよくひっくり返し、宙を舞った熱々のスープを頭からかぶった男たちがみっともなく悲鳴を上げる。

「あのッ、ごめんなさいおばさん！」

「いいんだよ、さぁお行き！」

アンナが一瞬ためらいつつ身を翻した。女店主もすぐさま別の方向へと一目散に逃げ去る。

「クッソッたれがぁッ！　田舎者どもめ、舐め腐りおって‼」

顔にかかったスープを拭い、男たちが吠える。顔色が真っ赤なのは熱さのせいか怒りのせいか。おそらく両方だろう。

「逃がしはせんぞ！」

アンナの後を追って駆け出すも、彼女の姿は既にどこにもなかった。周囲の通りを見て回るがすぐに諦める。そもそも彼らには土地勘がないし、先ほどの一件からも街の住人が非協力的なことは今や明らかだった。

「……どうします百人長。こちらも二手に分かれますか」

「無用だ！　聞き込むだけ無駄のようだからな。まったく身の程知らずが多い、これだから田舎は嫌なんだ。この報いは身体に刻み込んでやる！」

額に血管を浮かべながら年嵩の男は凶暴な笑みをみせる。

「あれを出すのですね」

「ごみごみとうっとうしい街だ、少し風通しを良くしてやる。ゆくぞ！」

男たちは街の外を目指し駆け出してゆく。

◆

ワットがいつものように駅で荷運びに従事していると、街の酒場の下働きが会いに来た。なぜ酒場から？　ツケを溜めた記憶もないがなぁ、などと思いながらとりあえず話を聞いたところで彼の表情が強張る。

「……アンナを探している奴らがいるって？」

「なんだかね、見た目がここいらの人じゃない感じだった！」

なるほどついに来たか、それが正直な感想だった。想定よりもずっと動きが早かったが、アンナを取り巻く状況にはそれを納得させるだけのものがある。

「ありがとな。後はこっちでなんとかしてみる。店主にも礼を言っといてくれ」

下働きの子供を送り返し、ワットは腕を振り回し肩を鳴らした。

「さあて忙しくなってきたぞ。まずは……早退の申請に行くか！」

非常事態とはいえ主任ともあろう者が現場をほっぽり出してゆくのはいかにもマズい。なるべく急いでここを出るためにはどんな言い訳を放とうか――そんなことを考える彼の眼前で、前触れなく街を囲む壁が吹き飛んだ。

「は？」

ワットだけではない、他の駅員も乗客もそろってぽかんと口を開けている。

皆の注目が集まる中、壁に開いた大穴をくぐるように巨大な人影がのっそりと現れた。

立ち込める土煙をかき分け全身が露わとなる。まず目に入るのが尋常ではなくがっしりとした体つき。全高十二メートルに達する巨体を、大木のような手足が支える。堅牢(けんろう)そのものな重装甲に全身が覆われ、胸には犀(さい)型の魔物(モンスター)の頭蓋骨が埋められていた。

「鉄獣機！　新型か……！」

鉄獣機、しかもそれなりに詳しいワットをしてまったく見たことのない機種である。

そのうちに謎の鉄獣機ははちきれんばかりに筋肉が詰まった手足を振り、地面を揺るがしながら歩き出した。

「田舎者どもめ、高い勉強代を支払う時が来たぞ。今からこの『タイラントライノ』で取り立てにいってやる！」

興奮した男の声と共にタイラントライノと呼ばれた鉄獣機が突進を開始する。途中にあるあらゆるものを蹴り砕きながら、まっすぐに街の中心部を目指していった。

「おいおい嘘(うそ)だろぉ！　騎士団め、どんな馬鹿を寄越したんだよ!!」

しばし呆然とその背を見送っていたワットだったが、はっと正気に返ると駆け出してゆく。もはや言い訳なんて考えている余裕はまったく残されていなかった。

◆

逃げまどう機馬車を蹴り飛ばし、建造物を砕きながら巨体が走る。タイラントライノはその圧倒的な膂力をもって眼前のあらゆるものを破砕し突進し続けた。

「なんだあの鉄獣機は！」

「ヤバい逃げろ！」

住人たちが悲鳴を上げて逃げ惑う。平穏な日常は破砕音と金切声によってかき消されてゆく。

タイラントライノは木材はおろか、レンガだろうと石材だろうとお構いなしに砕いてゆく。鉄獣機とは魔物の死骸を元に作られる魔道具だ。その際、魔獣級以上の機体は元となる魔物の能力を受け継ぎ、強力な『魔力技』として使用することができる。タイラントライノの魔力技は『ストロングバンカー』と呼ばれる、強力な突進攻撃であった。燃料である魔石を大量に消費するのが難点ではあるが、それに見合った威力と言えよう。

「くくく、すごいじゃないか。さすがは新型だ！　よい実地試験になったな」

「百人長、そろそろ中心部です」

重量級のボディを揺らしタイラントライノが街の中心部まで辿り着いた。その背後には一直線に破壊の跡が続く。突然の破壊に混乱していた住人たちが固唾（かたず）をのんでその様子を窺（うかが）っていた。

「ごきげんよう諸君。先ほどは世話になった」

見かけない鉄獣機から響く低い声、それはいくらかの住人たちにとって聞き覚えがあった。アンナのことを嗅ぎまわっていた男の声である。

「誠に遺憾なことに、どうやら君たちは我々の質問への答えをはぐらかしていたようだ」

タイラントライノの全身から熱い蒸気が噴き出した。魔力技の連続使用により加熱した全身を一度冷やさねばならない、そのための小休止である。

「これはいけないことだ。そこでお互い無駄な手間を省くにはどうすればよいかと考えてね。貴様らが口を開こうと開くまいと、構わないことにした」

言うなり腕を振るう。剛腕を受けた建物の屋根が粉々に吹き飛んだ。

「全て更地にしてしまえば、いずれネズミも飛び出してくるだろうからなぁ！」

もはや理屈も何もあったものではない。悲鳴と怒号を引き連れて、巨人兵器による破壊が再開する。

「誰か、急いで男爵に伝えてくれぇ！」

その暴虐を遮るものはいない。悪くしたことにこの時間帯はギルドに所属している鉄機手（スティールライダー）たちのほとんどが狩りのために出払っていた。まったくの偶然ではあったが、街の守りが手薄な時だったのである。

「なんてことを……！」

通りに身を隠しながらアンナは悩んでいた。男たちの目的は彼女である。『継承選争（レガリスペルム）』を有利に進めるためについに動き出したのだ。だがいきなりこんな乱暴な手を取ってくるなど彼女も想像していなかった。

「私のせいで、街が、皆が傷ついてゆく……」

目を閉じ手を握り締める。すぐさま破壊をやめさせる手ならある、彼らの目的を達成させることだ。

頭ではそうわかっていてもアンナは決断できずにいた――。

その時、新たな巨人がその場に現れた。ようやく男爵配下の鉄獣機が駆けつけてきたのである。

「お前ッ！　僕たちの街に何をしているッ！」

先頭に立つ細身の鉄獣機から見知った声が聞こえてきて、アンナは声を呑み込んだ。魔獣級鉄獣機、『アジャイルガゼル』――乗り込んでいるのは領主の娘、メディエ・ソコムその人なのである。

アジャイルガゼルの背後には部下が乗る機体、『レイジングベア』が並ぶ。一対六の戦力差を前にしてもタイラントライノはまったく余裕を崩さず、悠然と構えていた。先に痺れを切らせたのはメディエのほうである。

「だんまりだって⁉　どのような理由があろうと街に被害を与えるものは許さない。犯人の生死は問わない、この街の法を教えてやれっ！」

「おうっ！」

部下の乗るレイジングベアが一斉に飛びかかっていった。タイラントライノのほうが頭一つは大柄であるが、数の有利でもって囲んで潰す算段だ。

「田舎者が逆らおうなどと片腹痛い」

　だが彼らの目論見はもろくも崩れ去る。タイラントトライノが動き出し、レイジングベアへと殴りかかった。大きさの差を生かし頭上から振り下ろされた拳が、レイジングベアの頭部を一撃で殴り潰す。そのまま真下にある操縦席までも潰され、レイジングベアが冷却水をまき散らしながら倒れていった。

「なっ、なんだこいつのパワーは⁉　異常だぞ！」

「これが最新型の力だよ。有象無象が何するものぞ！」

　タイラントトライノが一歩を踏み出し、合わせるようにレイジングベアの包囲が一歩下がった。未だ数の上では有利だが明らかに気圧されてしまっている。

「皆、下がって！」

　疾風が駆け抜ける。アジャイルガゼルが飛び出し、タイラントトライノと睨みあっていた。

「お嬢様！　しかし……！」

「悔しいけどレイジングベアじゃどうあがいてもパワー負けしてるでしょ！　でも僕のアジャイルガゼルなら！」

　部下の返答を待たずにアジャイルガゼルが動き出す。振り下ろされたタイラントトライノの拳をかわすと、そのままレイジングベアとは比較にならない速度で走り出した。

「むうっ⁉　小癪な！」

「どんな力自慢も当たらなければ！」

大通りを駆け壁を蹴り屋根の上を走る。縦横無尽の動きを見せるアジャイルガゼルを捉えられずにいるタイラントライノの背後を取ると、渾身（こんしん）の飛び蹴りを食らわせた。

その瞬間、タイラントライノが振り返りアジャイルガゼルの足を摑（つか）む。

「くく……残念だったな。身のこなしは良かったが、狙いがバレバレにすぎるのだよ！」

「くっ、放せぇ……ッ！」

ひとたび捕まえてしまえば素早さなどなんの意味もない。タイラントライノがアジャイルガゼルを力任せに振り回しぶん投げた。放物線を描いたアジャイルガゼルが、受け身すら取れないまま建物へと突き刺さる。

タイラントライノがズシ、と一歩を踏み出した。建物に刺さったままピクリとも動かないアジャイルガゼルへと止（とど）めを刺すつもりだ。

「お嬢様を守れッ!!」

覚悟を決めたレイジングベアが捨て身で飛びかかってゆく。たとえ全滅しようとも一矢報いる。魔心核（マシンハート）が滾（たぎ）り魔石を全開で消費、急加熱した全身を冷やそうと激しく蒸気を噴き出した。

「ふん、甘い甘い甘いぃッ！　弱いぞ芋騎士どもめ！　逆らう愚を思い知るがいい！」

だがタイラントライノとの力の差は歴然であった。巨大な鉄獣機を軽々と摑み上げ、次々と放り投げてゆく。圧倒的、男爵の戦力は全滅し、もはやタイラントライノの暴虐を止められる者はこの場にはいなくなった――。

――ただ一人を除いて。


「おやめなさい！」

凛とした声が通りを突き抜ける。タイラントライノがぴたりと破壊の手を止め、ゆっくりと首を巡らせた。その眼が小さな人影を捉える。

「ほう。ようやくネズミが炙り出されてきましたかな」

破壊の跡も生々しい大通りにアンナが立ち尽くしていた。震えそうになる身体を抱きしめて止め、気丈にも暴力の巨人を睨み返す。

「あなたたちの目的は私なのでしょう。このような無駄な破壊はすぐにやめ、私を捕らえるとよい！」

「フン。最初からそうしていれば我々も無駄な労力を払う必要はなかったのですがね」

殊更に威圧的にタイラントライノが歩き出した。足音が腹に響く。だがアンナは瞳を逸らしはしなかった。

「アン……ナ！　ダメだ……。こんな賊のいうことを聞いちゃ……」

アジャイルガゼルから弱々しい声が聞こえてきた。どうやらメディエは生きているようだ。しかし無傷とまではいかないのだろう。彼女から見えているかはわからないが、アンナは友人を安心させるべく微笑みかけた。

「大丈夫です。後のことは私にお任せください」

「や……め……！」

眼前までやってきたタイラントライノがアンナを見下ろす。

「素直なのは良いことですよ。貴女にとっても、この街にとってもね」

巨大な手を差し出し、無造作に彼女を摑み上げた。手加減は十分にしているのだろうが、押し殺しきれなかった苦悶の声がその小さな唇から漏れ出す。

「ご安心いただきたい。我々は貴女を生かして捕らえるよう厳命されている。しかし……つまり貴女さえ無事ならば後はどうでもいいということだ」

言うなりアンナを摑んでいるのとは逆の腕を建物へと突き刺した。石造りの建物が呆気なく破壊され破片が舞う。隠れ潜んでいた住人たちが悲鳴を上げて逃げまどった。

「どっ……どうして⁉　約束が違うではないですか！」

「約束？　勘違いをしないでいただきたい。それは貴女が勝手に言ったこと。それにこの田舎者どもは我らを虚仮にしたのですよ。少しは身の程を学んでおくべきでしょうなぁ‼」

アンナを摑んだ手を高々と掲げ、哄笑と共に破壊の限りを尽くす。いつもオマケしてくれた商店も、父親と一緒に食事した店も何もかもが瓦礫と化してゆく。彼女の視界はぼやけ、零れ落ちた涙が頰を伝いタイラントライノの拳を湿らせた。

「ごめんなさい皆……私がここにいたから。巻き込んで、しまって……！」

そうして振り下ろされた鉄拳が不意に動きを止めた。タイラントライノが訝し気に力を込めるがビクともせず。

「すまないね、仕事を抜けるのにちょいと手間取っちまって」

その声が聞こえた瞬間、アンナが目を見開いた。

あらゆるものを砕いてきたタイラントライノの剛拳を受け止めたのは、小柄な躯体の作業用鉄獣機——。

「お父さんが、助けに来たぜ」

マイルドブルが全身からアツい蒸気を噴き出す。

第四話

知ったことではないね

「なんだぁ貴様は?」

上がったのはむしろ戸惑いの声だった。

思うさま街を破壊し、相対する者をことごとく叩(たた)き潰した暴虐の化身。巨体をもって見下ろすタイラントライノへと、その胸ほどしかない小さなマイルドブルが歯向かっている。何かの冗談としか思えない光景だった。

「お父様……!」

「師匠……ダメ、です。こいつ、強い……」

アンナが叫ぶ。苦しげな声を上げて上半身をもたげるアジャイルガゼルに、マイルドゾルに乗るワットが語りかけた。

「よく頑張ったなぁメディエ。後はおっさんに任せときな」

「ふざけたことをぬかす」

タイラントライノを駆る男たちは呆(あき)れていた。そもそも魔獣級(ブルート)ですらないただの普獣級(ライブストック)に乗りながら何をほざいているのか。大きさのみならずありとあらゆる性能においてタイラントライノが圧倒的に優越する。もはや比べるだけ虚(むな)しくなると言ったほうが正しくすらあるだろう。

「うーん。やっぱりお前、見かけない機体だねぇ。最近配備された新型ってわけだ。強そうだねぇ」

まともに考えれば勝ち目なんてありはしない――にもかかわらずワットは飄々と言葉を続ける。

「だがよ、俺の娘を泣かせたんだ。いまさら謝っても許しやしないぜ」

「ほざけ。さっさと潰れろ！」

難しいことなどない、作業用なぞこのまま圧し潰してしまえば終わりである。タイラントトライノが片腕に体重をかけ――同時、マイルドブルの全身から激しく蒸気が噴き出した。規定以上の魔力がその身を駆け巡り、瞬間的に出力が跳ね上がる。

「ほいさっと」

間の抜けた掛け声とともにマイルドブルがタイラントトライノの拳をいなした。体重をかけていたタイラントトライノがバランスを崩す。その巨体がたたらを踏む間にマイルドブルが一歩、前に出た。

小柄な躯体を屈めてさらに姿勢を低く。両腕で大木のような足を抱えるように飛びつき。

「覚えときな、ここがあらゆる鉄獣機の泣き所だ」

マイルドブルの重量に前進の速度を乗せ、その全てを膝の関節へと叩き込んだ。どれほど重厚な鎧を身にまとおうとも可動部である関節は守れない。むしろ装甲の重量は負荷となって常に関節を圧迫している。ワットはそれを利用した。

瞬間的に過大な負荷をかけられた関節がゴキリと音を立てて砕ける。片足を破壊されたタイラントトライノがぐらりと傾き、たまらず膝をついた。

「なん……だ。今何をされた⁉」

操縦席で男たちが焦りを募らせていた。何が起こったのか理解が追いつかない。たかが作業用ごときに、最新鋭機であるタイラントライノが膝を折る理由など何一つとしてないはずだ。

「貴様ァァアッ!!　ザコの分際でェエエッ!!」

激高し腕を振り回すもマイルドブルは悠々と離れてゆく。破壊的な拳は届かず、重々しい風切り音だけが空しく響いた。

「そんな馬鹿な……なんだこれは。こんなことがあっていいはずがない！」

ようやく冷静さを取り戻し始めた頭が、自らの窮地を理解しつつあった。足を破壊された鉄獣機は動けない。まだ這いずることはできるが、だからどうだというのか。どれほど性能差があろうとも動けない鉄獣機に勝機はない。

『失敗』の二文字が男たちの脳裏をちらついていた。一度は目標を確保したというのに与えられた新型機を損失し、しかもこのままでは目標を奪還される。言い訳のしようもない大失態だ。

その時だ。追い詰められた脳裏をとあるアイデアが過ったのは。

「……そうだ、まだだ。まだ終わってなどいない！」

タイラントライノを強引に起き上がらせ、アンナを摑んだ手を高々と掲げる。

「見ろぉ！　この娘がどうなってもいいのか⁉」

「おいおい……往生際が悪いったら」

アンナを狙う刺客、その任務内容についてワットはおおよそ察しがついている。ここで彼女を傷つけたところで成功の目はないどころか、より失態が大きくなるだけだ。だが追い詰められた獣と化した男たちにとってもはや目先のこと以外はどうでもよくなっていた。

タイラントライノに掴まれたまま、アンナが声を上げる。

「私はどうなっても構いません。この賊を倒してください！」

「くっ、黙れぇッ！」

男たちがアンナの言葉に気を取られた瞬間。ワットはマイルドブルに残された魔石を全て消費した。魔心核（マシンハート）が弾ける寸前まで熱くなり、過剰な魔力を一気に流された機体が異常な活性化を始める。

「そりゃできない相談だ。娘を犠牲にする親がいるものかよ！」

マイルドブルが渾身（こんしん）の力で地面を叩いた。その反動で一気に加速、不釣り合いに長い腕を突き出す。崩れる貨物からアンナを助けた時のように、巨大な手が差し伸べられる。小さく弱いマイルドブルの姿が彼女には何よりも頼もしく見えて。

鋭く突き出された平手がタイラントライノの手首へと突き刺さった。勢いのあまり自らの手も破壊しながら、タイラントライノの拳を切り飛ばす。

「よいしょぉっ！」

マイルドブルはそのまま、アンナを掴んで勢いよく飛んでいく手首を追いかけた。地面に叩きつけられる前にキャッチしようと、マイルドブルが手を差し出して――そのまま力を失い膝からガクっと沈み込んだ。

「んげっ⁉　こんなところで限界かよ！」

酷使を続けた機体にはもはや一滴だって力が残っていない。崩れ落ちる機体越しに、娘を掴んだ手首が落ちてゆく。

「あとちょっとだってのに！」

「僕に任せて！」

影が走る。疾風と化したアジャイルガゼルが滑り込むようにしてアンナと拳を受け止めていた。

「よし！　間に合ったよ！」

大事そうにアンナを抱えた姿に、ワットは止めていた息を吐き出した。

「はぁ～危ないところだった。メディエ嬢には助けられちまったな……」

詰めが甘い、ワットは己のブランクの長さを思い知っていた。昔取った杵柄（きねづか）だけではこの先危ういかもしれない。

「こっちも寿命か。お疲れさん、ありがとな」

ぽんぽんと操縦席を叩いて限界まで頑張った機体を労うと、装甲を開いて外に出た。

出た途端、響いてくる重い摩擦音。見ればタイラントライノの巨体が無様に這いずり逃げようとしているところだった。

「百人長、お早く脱出を！」

「できるか！　最新鋭機を与えられておきながらこんなみじめな負けを！　なんとしても帰還して……」

呆れるほどに諦めが悪いが、いっそ清々しいかもしれない。

だが、いずれにせよ彼らの運命はもう決しており、無駄なあがきでしかなかった。アンナを降ろしたアジャイルガゼルが無言で歩み寄り、蠢くタイラントライノの背を踏みつける。

「このまま操縦席ごと潰されるか、大人しく捕まるか。選ばせてあげるよ」

返す言葉すらなく、タイラントライノがぴたりと動きを止め。ややあって観念したかのようにゆっくりと装甲が開き、両手を挙げた男たちが現れたのだった。

◆

「やぁ、こっぴどくやられたもんだ」

一夜明けたフロントエッジシティ中心部。昨日まで活気にあふれていたこの場所は今や無惨な有様と成り果てていた。そこかしこに穿たれた傷跡。大きく削り取られた建物に砕けた石畳。片付けきれない瓦礫がそこかしこに積み上げられている。

この有様ではしばらくは散歩もままならないだろう。お気に入りの場所だったのに、とワットは胸中で賊へと毒づいておく。

「私の……せいです」

背後で漏れ出した言葉を耳に振り返る。アンナが視線を落とし裾を握り締めていた。

「私が彼らをここに招いてしまったから……！」

「そんなわけないだろ。悪ぃーのは全部、襲ってきたあいつらに決まってら」

「ですが……」

明らかに納得には程遠い様子に、ワットは呆れと懐かしさを同時に覚えていた。思い返せば十数年前のあの時、彼女の母親であるカリナもまた同じように抱え込みがちな性格をしており、彼はいつもそのフォローに回っていたものだ。彼がお節介な性分になったのは多分にそのせいもあるのではないだろうか。

「それにだ。あれ見てみ」

示す先では街の住民が集まり炊き出しを行っていた。建物が破壊され営業できなくなった店も多い。どうせ無駄にするならと、無事だった食材を掘り起こしてきてまとめて煮込んで振る舞っているのだ。

「おお、うっめぇ！　なんかいつもの料理より美味いな！」

「出汁に高い酒使ってるんだよ。賊のバカ野郎め、秘蔵の代物だったんだぞ」

「ほほう。そこだけは賊に感謝だな」

「はん！　そのまま呑めなくなったのにか？」

「あっダメだわやっぱ賊カスだわ」

ガハハと笑い声を上げながら住民たちが食事を囲んでいる。そこに悲壮感は全くなく、むしろお祭り騒ぎのような賑やかさがあった。

「この街の住人が、そう簡単にへこむものかいってね」

「でも私は……あの時だって皆が庇ってくれて、こんなに良くしてもらったのに。何も返すことができなくて、いったいなんと言えばいいのかすらわかりません……」

「ありがとうございました、つっときゃいいんじゃね」

「そんな適当な！」

「何が適当なものかい。あいつらはあいつらの信念に従って動いてお前さんを助けた。そんじゃあまずはありがとうだろ。間違ってもごめんなさいなんて言うんじゃねぇぞ」

「本当に……そんなことでいいのでしょうか？」

「もちろんさ。せっかく助かったのに下向いてちゃあ誰も喜ばねぇしな」

疑問の全てが晴れたわけではないだろう、しかしアンナの表情には少しだけ力が戻っている。それでいい、とワットはひと息ついた。

（それにまだまだ終わっちゃいないからな。連中、いずれ動きがあるとは思ってたがここまで強硬だとは。やっぱ備えは必要だよなぁ）

彼が密かに懐から取り出したのは、鍵。手持ち部分に鷲の姿が彫り込まれた豪華な意匠のそれを手の中で玩ぶ。

「……久しぶりにあいつの埃を落としてやるか」

「師匠ぉ～！」

聞き知った声に呼ばれて振り返る。彼のことをそんな風に呼ぶ人物はこの街に一人しかいない。当然、そこにはメディエの姿があった。

「パパが呼んでるよ～！　アンナも一緒に来てちょうだいって」

「うっし。いくか」

ワットは腹に気合を入れ直し、アンナを伴って歩き出した。

◆

「……来たか、二人とも」

ソコム商会本館、会頭の執務室。普段より嵩を増した書類に圧し潰されそうになりながら、オットー・ソコム男爵が二人を出迎えた。いつになく険しい表情からは彼の心労が見て取れるようである。

二人を案内してきたメディエは立ち去る様子もなく、ちゃっかりと部屋の入口の近くに陣取った。

「昨日の今日だ、全てがはっきりしたわけではない。だが少なくとも中央が喧嘩を売ってきたということだけはわかっている」

撃破されたタイラントライノの鉄機手たちは、そのまま部下によって確保された。それから昼夜を分かたず取り調べが続けられているが、二人は余裕の様子を崩すことなく沈黙を続けている。

「この地を拓き、王国へと貢献したことで男爵位を賜ったこの私に後ろ足で泥をかけるとはな。舐められたものだ。この報いはしっかりと受けてもらわねばならん」

静かな、だがしかし確かな怒りのこもった言葉だった。そしてオットーはわずかな躊躇いを挟む。

「……そのためにも奴らの目的を把握する必要がある。そこでだ、ワット。奴らは暴れまわる前にアンナ嬢のことを捜していたと報告に上がっていた」

視線で問いかけられ、ワットは頷きを返した。

「ああ、狙いはアンナの身柄で間違いない」

アンナは俯いていた。握りしめた拳が白くなるほど力がこもっている。

「だが解せないな、たとえ身代金目当てだとしてもやり口が少々激しすぎる。どこにも配備されていないない鉄獣機で街中に突っ込むなど、とても正気の沙汰とは思えん」

「それくらいやるだろうさ。なにせ奴らの目的ははした金なんかじゃなくて……」

「……『継承選争』に、勝利するためだからです」

アンナが顔を上げ、言葉を継いだ。彼女こそがこの事態の起点である、ならば説明の全てをワットに任せてしまうことはできなかった。

継承選争――その言葉を聞いたオットーは片眉をあげて考え込んだ。男爵位をいただく彼は当然、継承選争についての十分な知識を持っている。だがまだ現状とのつながりは完全ではない。何か肝心な部分が抜け落ちているのだ。その時、メディエが声を上げた。

「ええっ⁉　それって……その、何？」

そのまま彼女の首が急回転して父親へと振り向く。説明をどうぞ。

「まったく、また座学をさぼっていたな？　継承選争とは簡単に言えば、次期王位につく者を決めるための仕組みだ」

「えへへ。そっか、王様になるためなら無茶もするってことだね！　あれ？　でもそれがどうしてアンナに関係あるわけ？」

「……メディエ、そこまでにしなさい」

父親に制止され彼女はハッとして口を閉じた。オットーは気難しい顔で考え込んでいる。肝心なのはそこだ。しかし同時にそこは他人が土足で踏み込んでよい場所ではない。

「聞かないんだな、オットーさん」

「そうだな……私は会頭として領主として、この街を守る責務がある。そのためにあらゆる手段を行使すべきなのだろう。だがしかしだ、ワット、アンナ。君たちは我が商会の頼れる部下であり信頼すべき友……何よりも守るべき民なのだ。君たちの誇りもまた、私が守るべきもののひとつなのだよ」

ワットはたまらず破顔した。ああ、これだからこの街は居心地がいい。領主であるオットーの気風は、確かに街全体へと影響している。そしてだからこそ、ワットもまた街を守るために全力を尽くすのである。

「あなたがこの街の領主でよかったよ。だからこそあなたには聞いてほしいんだ。俺たちだって街を守りたいと思ってるからな」

「私も……街に来て日は浅いですが、想(おも)いは同じです」

「……君たちの覚悟に、感謝する」

隠された過去を暴かれたい人間などいない。だからこそ、その覚悟をオットーは全力で受け止める。それがこの街の領主としての務めだ。

そうしてアンナは顔を上げ姿勢を正した。話すからには正々堂々と前を向く。

「彼らが私を狙っているのは、私が王族の一人であり……第一王子の義娘（むすめ）だからです」

メディエが目を見開き、オットーもまた驚きをあらわにしていた。彼は継承選争が原因だと知らされた時点でアンナが王族だということまでは予想していた。だが真実は想像よりも複雑であるらしい。

「ワット。アンナ嬢は君の娘だと聞いていたが、偽装ということか?」

「いいや、ちゃんとアンナは俺の娘さ。だが同時にあの野郎の義娘であり王族の一員でもある。ちょっと込み入って長い話になっちまうんだが、聞いてくれるかい?」

そうしてワットは話し始めた。彼と娘にまつわる過去について――。

第五話

心に騎士を灯せ

「……はぁ⁉　はぐれ魔物の討伐だってぇ？」

およそ二〇年ほど昔のこと、ワット・シアーズにひとつの命令が下された。オグデン王国のとある場所に出現したはぐれ魔物――駆除が終わり人が住み着いた場所に迷い込んだ魔物のことだ――を倒せというものだ。

王国の領土であるからにはその地を治める領主貴族がいるはずであり、彼らに任せるのが筋ではないかと主張するも、当時の上役は命令であるとして譲らなかった。命令自体は国王から下された正式なものであったこともあり、ワットはしぶしぶ相棒である鉄獣機と共に出向いていった。

「ってぇ！　どんな魔物がはぐれやがったかと思えば竜種じゃねぇか‼　くそう、あいつらわかってて黙ってやがったな！」

そうして現地に着いた彼を出迎えたのは、天を衝くような巨大な竜種であった。慌てて状況を確かめてみれば領主の軍は早々に壊滅状態となっており、中央へと緊急の救助要請があがったというのが真相であるらしい。

「つーか援軍が俺だけとかありえねーだろうがよォ！　いくら俺が平民上がりだからって嫌がらせしてる場合じゃねーよコレェ‼」

ワットは平民出身であり、中央の軍に志願して入ったクチだった。軍の中では己の腕前を頼りにメキメキと頭角を現し、反比例するように周りの貴族出身の者たちから煙たがられるようになっていた。普段からの細かな嫌がらせを挙げればキリがないが、まさかこれほど危険な状況に放り込まれるとまでは思っていなかった。なにせ竜種は魔物の中でも別格に強力な存在である。巨大魔道具である鉄獣機ですら簡単には太刀打ちできず、実際に領主の軍は壊滅の憂き目を見ていた。

しかも驚いたことに、滅びを目前としていた領主の一族は領民を守ることこそが貴族の務めであると、あろうことか討ち死にすら覚悟して出陣しようとしていたのである。

「ちょっと待てやバッカ野郎どもが！　どんなに誇り高かろうと死んじまえばそれまでだろうが！怪我人は引っ込んでやがれ!!」

領地を持つ貴族というのは中央にいるバカどもとはずいぶん毛色が違うらしい。いずれにせよバカには違いがないが。まったくどいつもこいつも我慢のならないことである。だからワットは領主一族を怒鳴りつけると、彼らに代わって単身、最強の魔物へと挑みかかった。

そうして三日三晩に及ぶ激闘の末、彼と相棒は『最強』の討伐を成しえたのである。

馬鹿でかい竜種の首級を抱えて中央へと還った時の周囲の慌てようときたら、今思い出しても笑いが出る。

それからしばらくは激動の日々であった。『竜種単独討伐』という功績はあまりに大きく、もはや平民上がりだなんだと笑っていられる状況ではなかった。ほどなくしてワットは国王より直々に褒章を与えられ、『王国筆頭騎士』の立場に任じられたのである。

　王国としては竜種討伐の功績を大々的に周辺諸国に知らしめたいという思いがあり、しかしそれを成しえたのが平民出身の一騎士のままでは見栄えがしない。ならばとばかりに彼を祭り上げたのである。

　そもそも周囲の思惑などワットにとってはどうでもよいことだったから、なるに任せていた。何より彼にはそんなことよりはるかに大事なものがあった。

　それはワットの活躍によって滅びを免れた領主の一族、その令嬢であるカリナジェミア（カリナ）・タリスとの出会いである。

「我が領に現れた竜種を討伐していただいたこと。さらには一族の皆を助けていただいたこと深く感謝いたしますわ、騎士ワット」

　初めて言葉を交わした時、まず豊かに波打つ茜色（あかねいろ）の髪が目を惹き、その下から意志の輝きに満ちた翡翠（ひすい）色の瞳が覗いていた。さすがは貴族の矜持（きょうじ）に殉じるような一族の出である。芯の強さが見て取れる、その澄んだ瞳であまりにしっかりと目を見て話すものだから、ワットは気圧されそうになったことをよく覚えている。

「まぁ、王国筆頭騎士の位を授かったのですね。さすが陛下はお目が高い。あなたならばきっと、王国の歴史に名を残すような立派な騎士となられることでしょう」

　カリナは会う度にワットを騎士と呼ぶ。彼女の中では危険を顧みず竜種に挑んだワットはまさしく騎士の中の騎士である、ということになっているらしかった。なんともむず痒（がゆ）い評価だ。ワットはただ陥れられてキレ散らかしていただけだというのに。望んで挑んだ魔物討伐ではなかったが、彼女を助けることができたのだから結果は悪いものではなかったと思うようになっていた。

そうして逢瀬（おうせ）を重ねるうちに、いつしか彼女の存在はワットに変化を与えていった。

彼が軍に入ったのは他に腕っぷしを生かせる場所がなかったから。軍の中では貴族たちへの反発心でやってきた。

そうした己の力の証明ではなく、誰かを助けるためにこそ剣を振るう。彼女が信じる騎士であるために、ワットは騎士としての振舞いを身につけていった。

竜種をも倒す実力を備え、人々を守るためにそれを発揮する。王国筆頭騎士としてワットの名声がさらに高まるのは必然であった。

やがてワットとカリナの正式な婚約が発表された。まさに順風満帆といってよい日々――その裏で悲劇は足音も密かに近づいていたのである。

「タリス伯爵令嬢との婚約を、破棄せよ」

耳を疑うような言葉が、オグデン王国第一王子『レザマ・オグデン』の口から飛び出していた。

「……これはまた、殿下もずいぶんなご冗談をおっしゃるもので。いかに王族の方々といえど、貴族同士の婚姻については干渉しない決まりじゃあなかったですかね」

めちゃくちゃだ。いくら王族だからとて通る話と通らない話があり、これは間違いなく後者の類（たぐい）であろう。鼻白むワットにレザマは厭（いや）らしい笑みを向けた。

「貴族同士？　これは奇妙な言葉が聞こえた。平民上がりごときが少々剣の腕が立つからと己も貴族になったつもりでいると」

「俺は確かに平民の出ですがね、これでも陛下から王国筆頭騎士の位をいただいている身でして。俺の剣の腕前とはすなわち、王国の力の象徴でもあるはずですよ」

王国筆頭騎士まで上り詰めてからというもの、彼に嫌味を言う者もいなくなって久しい。それがまさか王国の第一王子の口から聞かされることになろうとは、予想だにしていなかった。そこで以前のように反発するだけでなく、それなりの返しができるようになったのは成長したということなのだろう。

残る問題は、このわがまま気質の王子様のご機嫌をどうやって取るかである。これだから腕っぷしで片づけられない問題は苦手なのだ。

この時点ではまだ、ワットもそれほど深刻には受け取っていなかった。だが直後、話は予想外の方向へと転がり出す。

「確かに、いかに王族だからと貴族同士の婚姻に口出しはできぬなぁ、だが！　私個人としてならば話は別だ。たかが剣の一本に、あれほどの女は勿体なかろう。この私に譲るがいい」

「…………承りかねますね。それに貴族かどうかという以前に、彼女は一人の人間だ。物のように取り上げられるものじゃあないんでね」

「くく、やはり拒むか。ならば古の作法に則るとしよう。ワット・シアーズ、貴様に決闘を申し込んでやる！」

「なん……だって？」

開いた口が塞がらないとはこのことか。混乱するワットに落ち着く暇を与えず、レザマはさらに畳みかけてきた。

「くく。女を賭け、一対一の戦いにて決しようというのだ。王国筆頭騎士ともあろうものが、まさか臆したとは言わんよなぁ？」

（めちゃくちゃだ……俺と決闘だと？　おいおい、こいつは身の程ってモノを知らないのかよ！）

第一王子が剣の腕に秀でているなどと噂程度にも聞いたことがない。王国筆頭騎士であるワットに太刀打ちできるはずもないのだ。

しかしそろそろワットも我慢の限界にあった。カリナの期待に応えて騎士として振る舞ってきたが、これほどの無体を見逃す理由もない。決闘がお望みならば受けてやろうではないか。それにわがままな第一王子にお灸をすえるのも、王国に仕える騎士としての役目だろうから。

「いいでしょう、殿下。その決闘、お受けします。陛下より王国筆頭騎士の位を与えられた身として、胸をお貸ししましょう」

この時ワットは少しばかり痛い目にあえばレザマはすぐに諦めるだろうと思っていた。手加減には骨が折れるだろうが、ワットにはそれくらいやってのける自信があったし、実際に十分な腕前があった。

——その全てが間違いであったと知るのは、決闘の舞台の上でのことだった。

「決闘の方法は鉄獣機による一騎打ち！　双方、武器は刃引きされたものを使用し、鉄機手への直接攻撃は禁ずる！　戦いはどちらかの機体が行動不能となる、あるいは降伏の申し入れによって決着するものとする！」

なじみ深い相棒の操縦席で、ワットは面倒そうな表情を隠しもしないでいた。ともあれ鉄獣機同士ならば手足を潰したところで鉄機手への影響はない。脅かすにはちょうどいいだろう。さてやるかと、いつも通り機体に装備された双剣を抜こうとして。

「待て！　ワット・シアーズ！　貴様の使用する武器には不審な点がある！　改めさせてもらおう！」

始まりの合図よりも前に審判役の騎士が割り込んできた。明らかに不審な動きだったが、調べられて困ることもない。

ところがワットの機体から武器を受け取るや否や、審判役の騎士が大げさな声を上げた。

「なんと！　こやつは刃引きされていない武器を使っておりますぞ！　よもや決闘に紛れて第一王子殿下の御身を害せんとする企みでは⁉」

「……は？」

一瞬、言葉の意味が解らなかった。そもそも刃引きされた武器を用意したのは向こうなのだから──そう思って取り返してまじまじと見れば、そこにあるのは確かに刃引きされていない剣だった。

その瞬間、彼は気付いた。審判役の騎士はレザマが連れてきた人物であり、さらに周囲にいるのも見覚えのない顔ばかり。おそらくここにはレザマの子飼いの者たちしかいない。

「神聖なる決闘の規律に反し、第一王子殿下へと刃を向けしその所業！　これはオグデン王家に刃を向けたも同然であり、王家反逆罪に値する！」

　ここに至ってようやく、レザマはそもそもまともに戦うつもりなどなかったのだと理解した。結局のところ本当にワットに反逆の意思があるかどうかすらどうでもよく、単に彼を陥れるのに都合がよいという理由で決闘が選ばれたに過ぎなかったのだ。

「そんなバカな話があるか！　てめぇから言い出した決闘だろ！　正々堂々戦えェッ！」

「動かぬ証拠があるというのに聞き苦しいなぁ？　ハ！　そもそも貴様のような平民上がりに王国筆頭騎士などとおこがましい。父上も目が曇ってきたのではないかぁ！」

　レザマの子飼いの騎士たちが操る鉄獣機がぞろぞろと現れ、ワットを機体ごと取り押さえる。そこにレザマの乗る鉄獣機が大股で近づき剣を振り上げると、そのままワットの機体が握る剣へと叩きつけた。構えることもできないままの剣は真っ二つに折れ、切っ先がくるくると宙を舞い地に刺さる。

「これで貴様も、より平民らしくなってきたではないか！　ハハハハハ！」

「てめぇ……どうやら死にてぇみたいだな……！」

「ふぅむ。まだ己の立場がわかっていないようだなぁ？　反逆者め。貴様なぞ、このまま潰してくれようか」

　レザマの剣の切っ先が、ワットの機体の背に向いた。そのまま押し込めば中にいるワットごと貫ける。殊更にゆっくりと力をこめ、装甲がミシミシと軋みを上げてゆき――。

「お待ちください」

その時だ、凛とした声が混沌とした決闘の舞台を吹き抜けていった。

その声をワットが聞き間違えることはない。そこにいたのはカリナジェミア・タリスその人である。

彼女は恐れもせず巨人たちの足元までやってくると、レザマとワットの間に立った。

「なんだ？　もうすぐ終わる、トロフィーはそこで黙ってみているがいい」

「レザマ・オグデン殿下。この決闘の目的は私を得ることであって、彼を殺すことではないはずです。貴方が勝利したというのならば、勝者としての正しき手続きを進めてくださいませ」

「……ほう。そこの平民と違って、さすがに物わかりが良いではないか。ますます気に入ったぞ。よかろう、ならばこの手に来るがいい」

レザマは機体を膝立ちにさせると、巨大な掌を差し出した。すでにその興味はワットから離れ、手に入るトロフィーに注がれている。そうしてカリナジェミアが一歩を踏み出し――ワットはたまらず叫びをあげた。

「カリナ、止めるんだ！　こんな奴に、君が……！」

彼女の歩みが止まる。背を向けたまま、言葉だけが聞こえてきた。

「……ワット。このようなかたちでしか貴方を助けられなくて、ごめんなさい」

「違う、助けるのは俺の役目なんだ！　ちょっと待ってろ。今、全部片付ける……!!」

もはやすべてがどうでもよかった。刃引きされていない剣をワットに持たせたのは向こうなのだ、ならばお望み通り振るってやるとしよう。彼の相棒の魔心核が高鳴り、出力を上げてゆく。その瞬間、カリナが振り返った。

「ダメです、ワット。ここで自棄を起こせばそれこそあちらの思うつぼ。それにあなたが本物の反逆者に堕せば……騎士ワットは、皆の敵になってしまいます」

全身を貫く震えが、彼の腕を縛りつけた。彼はいったいなんのために騎士たらんとしたのか。血の気が引いてゆく音を聞きながら、彼は理解していた。怒りのままに振るう剣では誰も救えない、どころか何よりも大事なカリナジェミアを、己の手で傷つけかねないのだと。

「ワット。私の最後のわがままを、聞いてもらえますか」

「わがままだなんて……俺は……」

こんな終わりは嫌だと、みっともなく泣きわめきたかった。だが気丈に振る舞うカリナの前で自分だけが醜態をさらすわけにはいかない。彼女の騎士であるという矜持が、今にも折れそうな心を支えていた。

「この世界にはきっと私のようにあなたの剣を必要とし、助けを待つ誰かがいるはずです。だから、どうか……これからも良き騎士であってください」

「君の望みは……いつも、とてつもなく難しいな」

「できますよ。命を懸けて私を助けてくれた、騎士ワットなら」

そうしてカリナは鉄獣機の掌へと乗り込んだ。ワットは持ち上げられてゆく彼女の姿を見送ることしかできず。――それがカリナジェミア・タリスと言葉を交わした、最後の機会となった。

決闘騒ぎの後、王国は醜聞を隠蔽することにしたらしい。ワットの前には口止め料として大量の金貨が積み上げられ。彼はその場で金貨の山を蹴り飛ばして、勢いのまま王国筆頭騎士の位を返上した。軍も辞め、騎士ではないただのワットへと戻った彼は最後に退職金代わりの品をぶんどり、その足で王都を飛び出したのである。

それから国のあちこちをふらふらと彷徨い続け——いつしか彼は最辺境の地まで流れ着いたのだった。

◆

「あれから十七年、ずっとカリナとは会えずじまいさ。あいつは今も第一王子妃で……だからアンナは俺の娘であり、あの野郎の義娘でもあるってわけさ」

そうしてワットが話し終えた時、その場にいた全員が黙り込んでいた。いや、メディエなどすすり泣きを上げている。

「ん、いやいや。そんな深刻な顔すんなって！　全て昔のことさ。時間てなぁどんな過去も押し流す妙薬でな、いまさらクヨクヨしたりはしねーって」

彼は努めて明るく振る舞う。時を経て立ち直ったのは事実だ。ただし傷痕からは時折血が滲むとしても、それに耐える心を育てることもできた。何より今の彼は過去だけを見てはいない。

「だってぇ……ジジョウは恋人をバカ王子に奪われで、なのに戦いに巻ぎごまれでぇ……！」

「いいんだよ、メディエ。正直、数日前までは娘がいることすら知らなかったんだがな。だがこうしてアンナが……カリナの娘が俺を頼ってきた。それだけで、俺にとっちゃ十分すぎる」

　メディエは涙と鼻水を一気に袖で拭うと、がっしりとアンナの手を取る。

「僕も師匠の力になるよ！　それにアンナも、困ったことがあったらなんでも言ってね！　弟子として友達として、精一杯力になるからっ‼」

「あ、あの……はい。ありがとうございます……」

　勢いがすごすぎて喜べばいいのか困ればいいのか、アンナもちょっと戸惑っていたのだった。


　そうして盛り上がる娘たちはさておき。オットーは深くため息を漏らしていた。

「君の話を聞いて腑に落ちたよ。アンナ嬢を狙っているのは間違いなく敵対する王族の誰か、あるいはその支援貴族といったところか。さすがに王国正規軍は動かせないだろうが、奴らくらいになると私兵だけで十分すぎる戦力がある」

「そうなんだよねぇ。しかもまずもって一匹だけってこたぁない。おそらくわんさか後詰がいるはずだ」

「だろうな。私でもそうする」

　オットーは珍しく苛立ちを露わにしていた。なにせかかっているものはこの国の至高の座。ちょっとやそっと失敗したところで襲撃者が諦めることなどないと、嫌でもわかってしまう。

「マズいな、そうなると街の常備戦力だけでは到底太刀打ちできん。仕方がない、狩人たちも動員するほかあるまい。急ぎ触れを出す。メディエ、頼めるか」

「わかったよパパ！　皆を集めるのは任せて！　この街の鉄機手の底力、見せてあげるから！」

メディエは俄然勢い込み頷く。そうしてソコム父娘が対処のために動き出そうとしたところでアンナが口を開いた。

「あ、あの！　私を彼らに差し出せば、交渉するくらいはできるはずです！　そうすれば街を襲われずに済むかもしれません……！」

オットーはわずかに目を見開き、それからワットに問いかけるような視線を向けた。

——困ったもんだろう？　母親似なのさ。

——なるほどな。

「……ふむ。せっかくの提案を悪いが、それはなしだよ。アンナ嬢」

「なぜでしょうか!?」

「君は優しすぎる。我々は既に一度、賊を討ち取っているのだ。仮に奴らが君を手にしたところで、おめおめと引き下がりはしないだろう。もはや事は面子の問題となっているのだよ」

落ち込むアンナの頭をワットが撫でた。ひどくむず痒い感じがして、アンナは俯いてしまう。養父であるレザマはこのような優しさを見せたことなどなかった。彼が与えてきたのは常に厳しい要求だけである。

「安心しな。いっちょ、お父さんも頑張っちゃうからね」

懐から取り出したのは鷲の意匠が刻まれた鍵——彼の相棒たる鉄獣機の、起動鍵である。

「いいのか、ワット。君は騎士たることを捨てたのだろう」

「捨てたのは過去だけ、未来まで諦めたつもりはないさ。それに約束もある……俺の剣を必要とする誰かのために戦うってな」

皆の視線が鍵に集まった。状況はとてつもなく困難で、街は危険に晒されている。だがしかし諦めることはない。それは彼らの抵抗の象徴のように思えたのだ。

そこでワットがふっと息を吐いて。

「ただちょっとねー、コレ結構遠くに置いてあんのよ。急いでとってくっから皆、しばらく頑張ってくれ！」

「はへ？」

アンナがばね仕掛けの玩具みたいに顔を跳ね上げた。さすがのオットーも眉を顰める。

「おいワット。いつ賊の本隊が来るかわからんというのに、何を悠長な……」

「言ってくれるない。俺だってもう二度と使わないつもりだったんだから！」

オットーはしばしワットを睨んだ。ワットはいつも通りへにゃへにゃと笑っていて、しかしその瞳に宿る真剣な光をオットーは見逃さない。

「ではなるべく急いでとってきてくれ。その間、アンナ嬢は我々が保護しておく」

「ほんっとーに恩に着る！　この借りは働きで返すから！」

早速とばかりに飛び出そうとするワット、その服の裾をアンナが握りしめていた。彼がそばからいなくなる、そう思った瞬間に身体が動いてしまった。

「そんな顔しないでくれよ。力になるって約束しただろう？」

彼女は少しばかり迷ったものの、やがておずおずと頷いた。彼はあれほどの辛い過去を経てなお立ち向かわんとしている。その心に応えるためにすべきことは何か、わからぬ彼女ではない。

「……お待ちしています」

「ああ、そんな長く待たせやしない。すぐに帰ってくる！」

彼の『切り札』まではなかなかの距離がある。こんなことならもっと近い場所に隠しておくのだったと後悔しても遅い。

「さあて、これで遅れたら格好がつかないったら！　あの寝坊助を急いで起こさないとな！」

ワットは気合を入れると全力で走り出す。今度こそ、その手で守り抜くために。

第六話　わたしの決意

それは男が優雅に午後の茶を嗜(たしな)んでいた時のことだった。

「報告いたします！　出撃された百人長からの定時連絡、本日もありません！」

「……そうか。ご苦労だった」

報告を持ってきた部下を労って返すと、男はため息交じりにカップを置いた。湯気と共にあがる柔らかな香りは盛んに飲み頃を主張しているが、とてもではないが誘いに乗る気にはなれない。

「えーと……。あいつの、最後の連絡の内容はなんだったか」

「はっ。タイラントライノをフロントエッジシティへと投入すると。以降、連絡は途絶えております」

「ふむ。つまりあいつらは手ひどく失敗したということだな」

男の副官が首肯する。連絡すらないということは死亡したか捕縛されたか、いずれにせよ相手に不要な情報を与えてしまったことになる。ため息ひとつではとても洗い流せそうにない。

タイラントライノは次期制式量産機のひとつとして開発の進んでいる、最新鋭の鉄獣機(マシンスティール)である。開発も終盤に差しかかっており、先行量産機が納入されるというところで、今回の作戦のため強引に引っ張り出してきたものだ。男も軽く確かめてみたがその突撃能力は本物。どんな無能な鉄機手(スティールライダー)だって勇猛な戦士とならしめる、素晴らしい機体だったというのに。

「あれほど強力な機体を与えられておきながら、なんと無様なことでしょうか」

「どれほど素晴らしい機体だとて、無能の深さを埋めるには足りなかったということだな」

話に集中している間、放置した茶はすっかりと温くなっていた。何事も同じ、飲み頃というのは案外短いものだ。

「穏便な手段が通じないとなれば致し方ない。少々手荒になるが、我々も手ぶらで帰るわけにはいかないのでね」

男が立ち上がる。副官の合図に合わせ、森の中がにわかに騒がしくなった。遠吠えのような排気音を響かせながら巨大な人影が立ち上がってゆく。そこかしこ噴き上がる蒸気が霞となって森を包んでいった。

「まったくもって困った姪っ子だ。君が強情なばかりに、街をひとつほど均さないといけなくなったじゃないか」

破滅が、足音も高らかに街へと迫る。

◆

「お父様、おはようござ……」

目を覚ましたアンナはここ最近の習慣となっている朝の挨拶を呟いたところで、部屋に一人きりだと思い出す。

話し合いの後、アンナはそのままソコム商会本館に用意された部屋へと案内されていた。襲撃者が次はどのような手段に出てくるかわからない以上、ワットの住居に一人住まわせておくわけにもいかない。

「……慣れていると、思っていたのですけど」

王都で暮らしていた頃は彼女はずっと一人で過ごしていた。仮にも王族の一員ということで教師役や身の回りの世話をする人間こそいたが、養父や異父弟妹とは顔を合わせることすらなく、唯一優しかった母親との時間も極めて限られていた。養父であるレザマの言うところでは王族として恥ずかしくない品性を養うためとのことだったが、疎まれているからだということがわからない彼女ではなかった。

この街に来てからのほんの一週間ほどを思い出す。ズボラで大雑把な実父との暮らしは大変だった。何も言わなければ散らかった部屋で暮らそうとし、食事すら適当に済ませてしまう。私物はほとんどなく、どこまでも綺麗（きれい）で片付いていた王宮での暮らしとは大違いである。おかげでだらしがないのに我慢できず、叩（たた）き込まれたつつましさを投げ捨てて抗議してしまったのではあるが。

「でもあれはお父様が悪いのです！」

そもそもあんなに口出しする予定ではなかったのに。自分がこんなにもはっきりとモノを言える人間なのだと、アンナはこの街に来て初めて知ったくらいである。

ただそうして誰かと一緒に食べる食事、街の人々と過ごす時間は、王宮での灰色の毎日とは比べようもなく色鮮やかだった。そこには自分を置きもののように扱う使用人たちはいない。親身になって接してくる他人というものに、彼女はこの街で初めて出会ったのである。

「私は……できれば、この街で」

――ドンダンドンゴンダン！

物思いに耽る時間は、扉が元気よく連打される音によって遮られた。慌てて扉に向かうも、アンナが開くより前に満面の笑みを浮かべたメディエが突入してきたのである。

「おっはよーう！　今日からは僕が師匠に代わって、アンナの護衛をするよ！」

「おはよう……ございます」

そういえばそんな話になっていたことを思い出す。同性で年頃が近いこともあり、メディエが適していると推薦されたのであるが。

「ありがとうございます。そういえば、メディエさんのお仕事は大丈夫なのですか？」

「ご心配には及ばないよ、これは領主であるパパから受けた正式な役目だからね！　それに狩人ギルドのメンバー、丸々招集されちゃってるからねー！　今あっちの仕事ってなんにもないんだ。だから一緒に朝ごはん食べに行こうか！」

アンナが頷き返す前に、メディエはさっさと手を握って彼女を連れ出していた。ワットとは違う意味で、メディエも大胆というか細かいことを気にしない性格である。そんなところだけ師匠に似なくともよいのに。

「何食べよっか！　アンナの好きな食べ物って何～？　あ、食べられないものとかある？」

「苦手なものはありません。好きな食べ物も……特に。向こうではなんでも食べるように言われていましたので」

「ふーん？　じゃあ僕のお勧めでいいよね！　この先に美味しいスープを出す店があるんだ！　あ、お店は戦いに巻き込まれて壊れたんだけどさー」

そんなことを楽しそうに言われても反応に困る。あれこれとしゃべり続けるメディエに手を引かれるまま、アンナは足早に街を進む。

街中では朝っぱらから瓦礫の撤去が進められていた。たとえ明日敵がやってくるとて、住民たちにとっては今日という一日を生き抜くことも重要だ。こうした片付けはマイルドブルが主に担当しており、その膂力を遺憾なく発揮している。まったく作業用の面目躍如であろう。

ずんぐりとしたマイルドブルがせっせと建物の残骸を運ぶ様を眺めていると、アンナの胸中に微かな痛みが過る。ワットは気にしなくていいと言った、しかし彼女はそこまで強くない。

「あの。もしも可能でしたら……私にマイルドブルを貸していただけないでしょうか」

「ええっ⁉　そりゃ掛け合えなくはないけどさ。どうして？」

朝食のことで頭がいっぱいだったメディエが突然の質問に驚く。鉄獣機に乗って朝ごはんを食べに行くのか？　そんなバカな。

「私も片付けのお手伝いができればと」

「ああ～そういうこと？　うーん。でもやめといた方がいいかな」

「なぜでしょう。私ではダメなのでしょうか」

なにやら必死の面持ちで食い下がるアンナを不思議がりながら、メディエは首を横に振った。

「そういうわけじゃないけど。今、マイルドブル全部出払ってるからさ。仕事してる奴をどけなきゃいけないよ」

「……それは考えが至りませんでした。申し訳ありません……」

「ちょ、ちょっと待った。そんな落ち込むことじゃないからね！　どうしたの、師匠がいなくなってすっごく心細いとか？」

ずーんと俯いてしまったアンナに慌ててフォローを入れる。しかし彼女の顔は晴れなかった。

「いいえ、私は……。この街が襲われた責任の一端は、私にあります。街の皆にはよくしていただいたのですから、せめて片付けなりはせねばと……」

「ええーっ！　アンナ、キミってばちょっと真面目すぎ!!」

目を丸くして驚かれるが、そうだろうか。アンナにしてみれば何もしないでいるほうが我慢ならない。

「よっし！　まずは朝ごはんに急ごう！　そういうのってね、お腹が空いてるから気分が落ち込んじゃうんだ！」

元気な宣言と共にメディエが足を速めた。アンナはなすがままについてゆき、お勧めだという店の前で目を丸くした。先日の襲撃で店が壊されたため、今は簡単な天幕を張っている。そこでスープを振る舞う女店主の姿を確かめた瞬間、アンナは全力で駆け出していた。

「おば様！　無事だったのですね！」

「まぁまぁアンナちゃん‼　あんたこそ、逃げ切ったんだねぇ。元気そうで安心したよぉ！」

それは先日、男たちからアンナを逃した女店主であった。駆け寄る勢いもそのままに飛び込んでくるアンナを、女店主がしっかりと抱きとめる。

「おば様……私のせいで酷い目に遭わせてしまいました。ごめんなさい……」

「水臭いことお言いでないよ！　子供を守るのが大人の役目なんだから。ちゃんと守られてなさいな」

女店主が首を振るも、腕の中のアンナは納得いかなさそうな表情である。女店主が小さく笑う。

「まったく。良いところのお嬢さまっぽいわりに、あたしらのことなんて気にして。そういうところは父親譲りかい？」

そうかもしれない。少なくとも養父であるレザマに倣ったものではない。彼ならば庶民の被害など気にも留めないだろうから。そんなことを考えていると、なぜかメディエが得意げな顔で言い出した。

「当然だよ。なにせアンナは師匠の娘なんだから！」

「そりゃそうだね！　街の古い住人なら誰しもワットさんには世話になったものだよ」

不思議そうな顔で問い返すアンナに、メディエが指をふりふり説明を始める。

「なにせ師匠ってホントお人好しだから、ちょっと困ってる人を見るとすぐに助けに入っちゃうんだよね。一番すごかったのがこの街に来てすぐ！　強かったなぁ師匠！」

強かった？　いったい何をやらかしたのか。女店主までもが昔を懐かしむように微笑んでいる。

「今でこそ落ち着いてるけど、ひと昔前はこの街もずいぶん荒れていてねぇ。鉄機手の連中が今よりずっといばって、ふんぞり返っていたのさ。『いったい誰が街に稼ぎをもたらしてやってると思ってるんだ』ってね！」

「今でもたま〜にいるよ、その手合い」

「あらあら新人かしら。ワットさんにちゃんと鼻っ柱を折ってもらっとかないとね」

　メディエと女店主がくすくすと笑いあう。

「ワットさんがこの街にやってきたのは十年と少し前くらいかねぇ。来るなり鉄機手の連中とぶつかって、大立ち回りをやらかしたのさ」

「ええ……。お父様は何を」

「すごかったんだよ師匠。小さい頃だったけどはっきり覚えてるなぁ。生身で鉄獣機に喧嘩（けんか）売ったかと思えば、あっという間に相手の機体を奪い取って！　そのまま他の機体を全部ぶっ倒しちゃったんだよ！」

　わけがわからないが、そんな大立ち回りを演じたとなれば後々までの語り草になるのも納得がゆくというものだ。

「あの時はびっくりしたねぇ。腕に覚えのある鉄機手たちが束になっても敵（かな）わなかったんだよ」

「さすが師匠！　本当はパパも鉄機手（スティールライダー）やってほしいみたいだけど……。ううん、無理強（じ）いは良くないよね。師匠はあのままでいいと思う」

「まぁねぇ。いばらないところは本当、ワットさんらしいねぇ」

「そうそう。師匠らしいといえば、ここからが傑作なんだよ！　性根を叩き直してやるって、鉄機手全員に訓練つけていったの！　おかげで皆腕が上がったんだけど、古株ほど師匠に頭が上がらなくなってねー」

アンナはくすりと笑う。一緒にいた短い時間の中でもワットの面倒見の良さはよくわかる。ぶつかった相手のためであろうと全力を尽くす様が目に浮かぶようだ。

「だからね、アンナちゃん。これは恩返しなんだよ。ちょっと賊が暴れたくらい、気にすることなんて何もないんだよ！」

（……ああ、そうか。私はずっと、お父様に護られていたんだ）

それは街についてからの暮らしだけではない。オットーやメディエが助けてくれるのも、街の人たちが親切にしてくれるの、全てはワットがこの街で積み上げてきた信頼によるものだったのだ。

ワットにとっては何か特別なことをしてきたというつもりはないのだろう。そしてこれからもきっと誰かに手を差し伸べてゆくに違いない。

（お母様、あなたの目に狂いはありませんでした。お父様はずっと変わらず、気高き騎士であり続けていらっしゃいますよ）

引き離され、時を経てなお、母はワットのことを信じていた。その理由が今は素直にわかる。

（私も……私も、誰かの力となりたい。誰かに信じられる人でありたい）

それは自然な想い。胸の中から力が湧き出るようだった。為すべきことを見つけ、俯いていた顔が自然と持ち上がってゆく。

「ありがとうございます。私、頑張ります！」

「？　よくわかんないけど、元気になったのならよかったよ！」

その時である。ぐぅ、と空気を読まない音が鳴り響いた。思わず真っ赤になったアンナの前に湯気の立つお椀(わん)が差し出される。

「さぁさ、うちの自慢のスープだよ。冷めないうちにおあがり。今度は賊になんて食らわせずに、ちゃんと食べてもらわないとね」

「はい。いただきます！」

「あ、僕にもちょうだい！　おばさんのスープは絶品だからね～！」

道端で食事をするなんて、王宮にいた時ならばありえない行動だった。だが今はこっちのほうが普通で、しかも美味しいと思えてくる。スープは評判通りに絶品で、少女たちの表情に笑みがこぼれた。

そうして朝食を味わっていると、遠くから低い音が響いてくる。街を囲む壁、その向こうに噴煙が上がっているのが目に入った。

「ホント、賊の奴らって無粋だよねー。さあって、行こうかアンナ！」

「はい！」

メディエがスープを一気にかっこむ。とてつもないはしたなさだが、アンナも迷わず真似をした。

「おばさま、ありがとうございます！　とても美味しかったです！」

「それじゃ～行ってくるねー！」

「気を付けてお行きよ！」

少女たちが駆け出してゆく。その後ろ姿に迷いの影は欠片ほども見えなかった。

◆

フロントエッジシティを囲む森林地帯。生い茂る木々の間を鉄獣機の集団が歩いていた。

「先日の賊、まだ諦めてないんだって？　しつっけぇよなぁ」

乗っているのはフロントエッジシティの鉄機手、狩人たちである。オットーによって街の防衛に駆り出された彼らは、襲撃を察知すべく偵察に繰り出していた。その中の一人が森に異常を発見する。

「待て、何かいる！　あの不自然な木々の揺れ……どうやらおいでなすったようだ！」

すぐさま機体につけられた汽笛を鳴らした。鋭い音が森に響き、後続へと敵の存在を知らせる。

「っかー！　マジで来るとはね！　中央のお偉いさんってのは引き時ってもんがわからないらしい！」

「俺たちの仕事を邪魔してくれたんだ。この落とし前はつけさせてもらうぜ！」

鉄機手たちは戦意旺盛な様子で敵を待ち構える。森林での野戦ならば何より得意とするところ、街に喧嘩を売る賊をこの手で叩き潰してやると吼える彼らであったが。その姿を目にするや、表情を引きつらせていった。

重々しい足音と共に現れた鉄獣機。最初は数機、すぐに十機を超えてさらに数を増す。森を飲み込む津波のごとく押し寄せる敵の大軍を前に、狩人たちはすぐさま回れ右していた。

「やっべぇ～!!　奴さん方、とんでもねぇ大勢でお越しなすったぞ！」

「急いで壁まで戻れ！　外で戦ったらなぶり殺しにされちまう！」

いかに地の利があろうとも、あるからこそ無謀な戦いは避けるべし。狩人たちは急いで街を守る壁の前まで撤退する。彼らとて無策でここまで引いたわけではない。壁の前には防衛のための陣地が築かれ、鉄壁の布陣を敷いているのだ。

「大軍が来るぞ！　挨拶かましてやれ！」

陣地の中から鮮やかな羽根飾りをつけた鉄獣機『ストライクホーク』が立ち上がり、巨大な弓へと矢をつがえた。

「魔力技起動！　『ロングレンジシュート』！」

魔獣級以上の格を持つ鉄獣機は、燃料である魔石を消費して元となった魔物の性質を反映した強力な攻撃を使用できる。中でも鳥系の魔物を元とした機体は遠距離向けの魔力技を多く発現する。先手を取るのは戦闘における常套手段だ。

「よくぞはるばる来てくれた、賊ども！　それじゃあ死ね！」

罵声を乗せて矢が射られる。込められた魔力で矢の勢いが増し、さらには弾道も安定させる。直撃すれば魔獣級ですら一撃で倒しうる強力な攻撃。しかし賊もさるもの、隊列の最前へと盾を持った機体が進み出るや、淡く輝く盾を以て矢の全てを防ぎきった。

狩人たちの間に動揺が走る。

「んげぇ……！　ありゃディフェンドバイソンの『エンタングルドクラスト』じゃねぇか。奴らマジで攻城戦をやるつもりかよ！」

『ディフェンドバイソン』はその魔力技から動く城壁の異名を持つ鉄獣機である。その得意とするところはまさに城攻め。遠距離攻撃を防ぎ前線を押し上げるパワフルな機体なのだ。

「王国軍の制式機たぁな……！　まったくやってられねぇったら！」

「ぼやいてる場合か。距離を詰められた、そろそろ接近戦の間合いだぞ」

遠距離攻撃を諦め、狩人たちの駆るレイジングベアが飛び出してゆく。迫りくる敵の大軍へと臆せず迫り。

「魔力技起動！　『ファングスラッシュ』！」

爪の代わりに得物を魔力でコーティングし、攻撃力を爆発的に引き上げるレイジングベアの魔力技だ。ディフェンドバイソンが構えた盾に輝く鎚が突き刺さった。盾は攻撃そのものには耐えたが、衝撃まではどうにもならない。ディフェンドバイソンの腕が破壊され盾を取り落とす機体が続出する。

「おら！　押し返せ！」

ディフェンドバイソンもすぐさま応戦し武器を抜き放った。ズシンズシンと大地を揺るがしながら攻撃の応酬が始まる。

一進一退の攻防が展開される中、戦場を後方から監視していた狩人の一人がそれに気付いて叫びをあげた。

「敵の後詰だ！　あいつは……先日のデカブツだ！　しかも一機じゃねぇぞ！」

大地を揺らし、巨体が戦場に現れる。

暴虐の巨獣——タイラントライノが五機、フロントエッジシティを絶望の底へと叩き落すべく走り出した。

第七話　雑草は踏まれるのみに非ず

フロントエッジシティの北側に広がる鬱蒼(うっそう)とした森林。元々はこの一帯を含めて『帰らずの森』と呼ばれ、魔物(モンスター)ひしめく危険地帯であった。そこに目をつけたのが若き日のオットー・ソコムである。彼のソコム商会は大々的に鉄獣機(マシンスティール)を投入し魔物素材を狩り集め、同時に森の中に人々が暮らすことのできる街を築いていった。

フロントエッジシティと名付けられたその街は魔物素材を獲得する一大拠点となり、やがて王国縦断鉄脚道(キングダムズトレイル)の終着駅が設置されるに至り繁栄の時を迎えることになる。

「うあーッ！　ったく！　どこを見ても木！　木！　木！　そして地面の状態が悪い！　急いでいる時には辛(つら)いってー！」

北側の森は王国側の緩衝地帯として残されたもの。木々の間をワット・シアーズは機馬を駆り爆走していた。ちなみに機馬車の馬部分である。

鉄獣機の操縦には自信のある彼だが、さすがに機馬までは専門外である。さらに足元は人の手の入っていない悪路となれば泣き言のひとつも飛び出そうというもの。それでも片時も止まることなく走り続けていられるのはひとえに彼の卓越した技量の賜物といえた。

「もっと身近なとこに置いときゃよかったよ！」

後悔先に立たずとはよく言ったものである。とはいえ簡単に見つかるわけにもいかず、どうしても人の寄りつかない森の深い場所に置かざるをえないという結論に毎回至るのではあるが。

機馬をこれでもかと酷使すること一昼夜、ようやく目的の場所まで辿り着く。王国側からもフロントエッジシティからも遠く離れた、人間の気配がまるでない森の奥深く。ぽっかりと開いた洞窟が彼の目指す場所だ。

「うし、誰にも見つかってねーな」

念のため軽く確かめて回るも、やはりというべきか周囲に人間の痕跡は皆無だった。こんな森の深い場所、よほどの旨味でもなければ狩人すら寄りつかないのだからさもありなん。用意してきた明かりを掲げて洞窟内に踏み入る。奥の方には広くなっている場所があり、そこに目的のものが鎮座していた。

「久しぶりだなぁ、相棒」

そこにあるのは、うずくまっているような恰好で置かれた巨大な人型。埃避けの覆いを被せられた姿は眠りの中にあるようにも見えた。物言わぬ機体の傍らまでゆき表面を撫でると、積もった埃がべったりと手につく。

「……すまねぇなぁ、お前には二度と乗らねぇなんて息巻いてさ。あの時の俺はバカだったよ。そんなことができるなんて本気で思ってた」

話しながら手早く各部の状態を確認してゆく。これまでも時折、機体の整備をしていたおかげで稼働状態を保っている。さすがに多少の経年劣化は否(いな)めないが、ひと暴れするくらいならば問題はない。

「まったくもって甘ちゃんの若造だったのさ。笑えるだろ、十年以上も経っていきなりカリナと俺の娘が現れたんだぜ。アイツの優しさと俺の頑固さを併せ持ってるみたいでなぁ、ちょっと頑張りすぎな子に育ってたよ」

苦労して覆いを取り除く。舞い上がる埃にひとしきり咽(むせ)てから、機体の最終整備を行った。洞窟にストックしていた消耗品を補充し、各部に油を点してゆく。

「むかつくのがよぉ、俺たちの娘にちょっかいをかけようって不届き者がいやがるのよ。まぁいまさら、騎士の誓いがどうとか俺にゃ言えた義理じゃねぇんだが……。今度こそ護りたいんだ。だからまた力を貸してくれ、相棒」

整備を終えて開閉レバーを引けば、期待通りに操縦席の覆いが開いた。黒々と開いた穴へと躊躇(ためら)いなく身を滑り込ませ。

「感覚同調(ハーモナイズ)、開始(スタート)。魔力伝達開始……！」

同調した機体から伝わる、懐かしさすら覚える感覚。ブランクを全く感じさせない滑らかさで機体が立ち上がってゆく。

一度は過去と共に捨て、遠ざけていた機体である。しかし身に染みついた鍛錬が瞬時に彼をかつての日々へと引き戻した。この機体に乗ったからには彼に敗北は許されない。かつての彼はそうだったし、それは今でも変わらない。

「さぁ征(ゆ)くぜ相棒！　お父さんが頑張ってるとこ、もっと見せとかないとな！」

咆哮(ほうこう)を上げ獣が眠りから覚める。洞窟が崩れることなどまるで構わず一気に飛び出すと、それは閃光(せんこう)のごとく飛び立った。

◆

「……壁を突破されたか」

部下が大慌てで持ってきた報告を聞いても、オットーの反応は小さくつぶやくのみだった。

ソコム男爵軍は街の中心、商会の本館を本陣としている。街の外周部を囲む防壁を突破されたらすぐに市街地である。市街地の中を進む間に敵軍を抑えられなければそのまま一直線に本陣を襲われる可能性がある。しかしこの状況は想定内でもあった。

「先日のデカブツ……どうやら『タイラントライノ』というらしいが、やはり一機ではなかったか。どころか五機も出てきては手に負えんな」

狩人たちに援軍を頼んだことで数の上では充実しているソコム男爵軍であるが、いかんせん使っている鉄獣機の性能に大きな開きがあった。主力である『レイジングベア』は良い機体だが、調達が容易なぶん性能面ではそこそこ止まりと評価されている。

「『賊』はタイラントライノを先行させ、残りは定石通りの城攻めを続行と。嫌な動きだ。こちらは戦力を二分せねばならんというのに」

言ってからオットーは、はたして二分割程度で済むかという疑問を覚える。タイラントライノは強力である。先日の襲撃は突然だったにせよ、六機もの戦力で取り囲んでおきながら逆に圧倒される始末だった。ワットがいなければなおさらに被害が増えていただろうことは想像に難(かた)くない。市街地に侵入したこれらの排除には相当な戦力を割かねばならないだろう。

「閣下、ここも安全ではありません。どうか退避を」

その時、部下が進言してきた。なるほど、タイラントライノを止められないならここはもうすぐ戦場となる。

「どこに逃げるというのだ。帰らずの森か？」

「はっ。危険ですが、この場にとどまるよりはいくらかマシかと」

「だとしても、タイラントライノを倒せなければどこまでも追い立てられるだけだ。敗北の先延ばしにさしたる意味はない」

仮にオットーが逃げたとして、残された街が無事に済む保証もない。むしろ賊が街の破壊に躊躇(ためら)いがないのは先の襲撃を見ても明らかであり、撃退以外の選択肢はないも同然だった。それが容易であるかどうかはまた別の問題として。

その時である。バタバタと元気のよい足音と共に彼の愛娘(まなむすめ)がアンナを伴って飛び込んできた。来るだろうとは思っていた、それでも彼女たちの姿を実際に確かめたオットーは胸の奥に重いものを感じざるをえなかった。

「パパ！　襲撃だ！　来たよ！」

「お前たち……いや、良いところに来た。よく聞くんだ、お前たちは先に帰らずの森まで下がれ。状況が落ち着き次第、我々も後を追っ……」

「うん。いやだ！」

一瞬何を言われたのか理解できず、彼は目を瞬いた。確かにメディエはおてんばな娘である、しかし状況を理解できていないわけがない。思わず険しい表情を浮かべる彼を、娘がひたと見つめ返した。

「僕たちも出るよ」

「何を……する気だ」

親の贔屓目を抜きにしても、メディエの鉄機手としての腕前は低くはない。とはいえ所詮は単騎、それだけで状況を逆転させるなど不可能であろう。それは彼女たちも十分に理解しており、その上で決然と踏み出した。

「壁がこんなすぐに突破されるくらいだもの、きっと敵はあのデカブツだよね。狩人の皆で当たっても勝てるかどうかわからない」

「だからこそ、私が敵を引きつけます」

アンナの翡翠色の瞳には力が漲っていた。つい先日の不安げな少女の姿はそこにはない。この短い間に何があったというのか。驚くほどであるが、それとしてオットーも簡単に頷くわけにはいかなかった。

「馬鹿を言うな、アンナ嬢。説明したはずだ、敵の狙いは既に君だけでは……」

「オットー様こそお忘れではありませんか？　賊の最終的な狙いはあくまで私の……王族の身柄を確保すること。街への攻撃こそ、もののついでにすぎません」

痛いところを突かれた。確かにそうなのだ、街が襲われているのは邪魔な田舎者をついでにぶっとばしてやろうという賊の余裕の表れに過ぎない。単純な価値で言うならば、王族の一員であるアンナのほうが格上だと言える。

「ならばこそ、賊は私の呼びかけを絶対に無視できません。そうして敵をこちらに引きつけ、分断します」

「……目論見通り引きつけたとしよう、それからどうするつもりだ。言うまでもない、敵は鉄獣機だぞ。街中だからと走って逃げきれるほど甘くはない」

「だから僕のアジャイルガゼルで逃げるよ！　足の速さならこの街で一番だからね！」

確かにアジャイルガゼルは機動力を最大の武器とする機体だ。どうやら二人は王族という餌をちらつかせながら決死の鬼ごっこをするつもりらしい。

なるほどここに来るまでに二人で計画を練り上げてきたようである。オットーは熱くなり始めた己の感情を抑えつけ、彼女たちの作戦を冷静に評価した。理屈の上では間違ってはいない、敵を引きつける効果もあるだろう。しかし――。

「許可できない。無謀すぎる。逃げ切れるという保証もなければ、万が一にも君が賊の手に落ちようものならば、なおさらに事態は悪化するのだよ」

なにせ王位のためならば街ひとつを襲っても構わないという人間が玉座に近づくことになる。ことは街ひとつに収まらず、この国の未来に大きな不安を残すこと必至であった。末席とはいえ王国貴族に名を連ねる者として、オットーには容認できない事態である。

　街の領主としての威厳に満ちたオットーに対し、アンナもまたまっすぐに見つめ返して。

「オットー・ソコム男爵。この街を興し治めてきた、あなたの勤めと誇りに敬意を表します。ですが私も王族の端くれとして、暴力に怯え無法者に屈するわけにはいきません」

　そこまで言いきって、彼女はふと表情を緩めた。

「だから戦います。お父様ならばきっと……そうするでしょうから」

　切羽詰まった状況だというのに、オットーは思わず吹き出しかけた。アンナはこれまでワットとはなんの接点もなく育った娘のはずである、なのに父親とまるで瓜二つなことを言うのだから面白い。しかしここで笑っては沽券にかかわる。顔の筋肉を引き締めながら口を開くのにはずいぶんと苦労した。

「貴女の決意はよくわかった。だがそのままでは頷けないな」

「ええっ⁉　パパのわからずや！」

「慌てるな。単騎でゆく必要などないということだ。部下の中から腕利きを護衛につけよう」

　目を丸くするメディエへ小さく笑いかけて安心させると、オットーは改めてアンナへと向かい合った。

「アンナ嬢、これまでの無礼をお詫びする。共に戦うという貴女の決意と覚悟、確かに受け取った。ソコム男爵家の現当主として貴女の意思を尊重しよう。……継承選争に出ていないのがつくづく残念だよ」

「あ、あの……ありがとうございます！」

「ただし、だ。少しでも無理だと思ったら何を置いても森へと逃げ込んでくれ。土地勘ならば我々が圧倒している、メディエならば逃げ切れるだろう。なぁに、後のことを気にすることはない。始末はワットの奴に押しつけるからな」

なかなか、堅物に見えて茶目っ気のある領主である。アンナとメディエが手を取り合った。

「ようっし僕も頑張るよ！　大丈夫、あんな鈍まなんて敵じゃないさ！　パパ、征ってくるね！」

「二人とも、武運を祈る」

「はい！」

駆け出してゆく娘たちの背を見送りながら、オットーはため息と共にここにはいない誰かに向けて呟く。

「ワットよ、おてんばな娘を持つと苦労するぞ。お前もこれから覚悟しておくんだな。……さて、娘たちに頼りっぱなしだなどと、領主としても父親としてもまったく失格だ。戦力を再編成するぞ、市街地に入った敵を分断し討ち取るのだ！」

◆

轟音と共にフロントエッジシティを守る壁が砕けてゆく。もうもうと立ち込める土埃を貫き、タイラントライノの巨体がのっそりと顔を出した。

「このまま蹂躙する。魔力技起動！」

土埃をかきわけてタイラントライノが突進を再開する。この強力無比なる突進こそ彼の機体が誇る魔力技、『ストロングバンカー』である。魔力漲る突進の破壊力もさることながら、突撃中は機体の防御力までも向上するという攻防一体の技だ。

進路上のあらゆる物を粉砕しながら突き進む様は圧巻の一言に尽きる。まさしく無人の野を征くがごとく──しかしタイラントライノ部隊を率いる隊長は違和感を覚えていた。

「おかしいぞ、抵抗が薄すぎる。市街地に入れば死に物狂いで向かってくるかと思ったが」

「所詮は腰抜けの田舎者ということでしょう」

そうだろうか、部下の答えに頷くことはできない。本能に忠実な動物であればありうるかもしれない。だが人間というのは臆病であると同時に狡猾なものだ、何か狙いがあると考えた方が自然であろう。

「罠かもしれん、警戒は怠るな。密集隊形を維持したまま、予定通り街の中心へと……」

そうしてさらに進軍しようとした矢先。その声は聞こえてきた。

「そこまでです！　狼藉者ども！」

周囲を素早く見回し彼らはそれに気づいた。建物の屋根に堂々と立ち、こちらを見下ろしてくる鉄獣機──アジャイルガゼルの存在を。

「無辜の民を苦しめるその行い、目に余ります！　あなたたちが捜しているのは、このアンナ・タリスただ一人でしょう！　無用な破壊は慎みなさい！」

さしもの精鋭部隊も困惑していた。確かに『アンナ・タリス』は最重要目標として確保を命じられているが、それをまさか本人から告げられようとは。

「隊長、いかがしますか。目標から出てくるというのはいったい……」

「ふん、見え見えの誘導だな。だがそちらから出てきてくれるというならば好都合ではある。どんな罠もタイラントライノで踏み潰してくれよう！」

隊長機が素早く指示を下し、そのまま部隊を三対二に分けた。当然のように、アンナを目指してくるのが三体である。

「うわぁ！　そんな引っかかることある⁉」

アジャイルガゼルが弾かれたように飛び出した。足元からはタイラントライノが建物へと激突した轟音が響いてくる。

「お嬢様！　こちらは我々にお任せを！」

護衛としてついた機体が果敢にも向かってゆくが、それでも足止めできるのはたったの一機のみ。二機の暴君に追われながら、メディエが唇を舐めた。

「アンナ、これからガゼルを全力でぶん回すよ。悪いけど乗り心地はさいっあくだと思うから！」

「お気になさらず。私がどれほど傷つこうとも構いません。存分にお願いします！」

「いやぁ、あんまり君に怪我させちゃうと師匠が悲しんじゃうからさ！　僕だって上手くやるつもりだけど、ちょっと相手が強いからね！」

アジャイルガゼルをトップスピードに乗せる。この機体の元となった魔物は走力に長けており、その特性を受け継いで建造されている。本気を出せばタイラントトライノを置き去りにすることくらいわけはない。

「あらら？　これはちょっと手加減しないと、あっちがすぐに見失っちゃって……」

メディエの余裕はそこまでだった。

通りに沿って走っていると、突然真横の建物が爆発したかのように吹き飛んだ。強引に突き抜けてきたタイラントトライノが手を伸ばしてくる。

「うっそぉ!?」

姿勢を低く、ほとんど倒れるような勢いで敵の手をかわす。アジャイルガゼルがクラウチングスタートの要領で加速するも、思ったほどにタイラントトライノとの距離が開く気配はなかった。

「フン、重量級だからと侮ったようだな。このタイラントトライノの突進能力、とくと思い知れ！」

「そんなのアリぃ!?　ズルじゃん!!」

敵に文句をつけても仕方がないところだが、タイラントトライノはその魔力技『ストロングバンカー』により、直進に限ってアジャイルガゼルに引けを取らない速力を得ている。メディエの叫びも致し方なし。

幸いにも敵が速度を出せるのは直進だけで小回りは利かない様子である。メディエは右に左に、街中を巧みに駆け抜け翻弄していた。それでも途中の障害物を意に介せず突き進んでくるタイラントトライノの圧力が、彼女へと確実に重圧を与えてゆく。

「ここの通りは直線が多い！　追いつかれるかもだからひとつ裏に……」

焦りが彼女の選択を誤らせた。通りを変えようとした瞬間、建物を突き抜けてタイラントライノの巨体が現れる。

「しまっ……！」

「つまらん鬼ごっこは終わりだ！」

速度の乗りきらない瞬間、伸ばされた腕がアジャイルガゼルを捉えるかと思われた。

ほぼ同時、タイラントライノの足元に荷物を満載した荷車が飛び出してきたのである。

第八話　刃来たりて敵を討つ

巨人兵器たちの争う音が轟き渡る。

オグデン王国の最辺境に位置するフロントエッジシティは、その成立以来の最大の窮地を迎えていた。街を守るための外壁には大穴が空き、市街地では今もひっきりなしに建物が崩れてゆく。その原因である巨人魔道具――鉄獣機たちの戦いはなおさらに激しさを増すばかりだ。

街を守るソコム男爵軍は苦戦を続けていた。街へと侵入してきた最新鋭の重量級鉄獣機『タイラントトライノ』、その圧倒的な性能は男爵軍の戦力を全く寄せつけず。周囲を十重二十重に囲みながら物量で対抗しようとするも結果は芳しくない。

そんな巨人兵器たちの戦場を、無謀にも生身で駆ける者たちがいる。瓦礫を満載した荷車を押し走らせ、死地に飛び込むも同然の恐怖をけたたましい笑い声で誤魔化しながら彼らは突き進む。

「オラオラァ！　いいところに獲物がいたぞ！　突っ込め！」

通りを駆け抜けようとするアジャイルガゼル、その真横から建物を突き破り現れるタイラントトライノ。そこに男たちが出くわしたのはまったくの偶然だ。そもそも勢いのついた荷車では狙いもへったくれもない。できるのはただ敵の足元へと放り投げるだけで、それで十分だった。

「そら！　お届けものだぁ！」

「なにぃっ!?」

タイラントライノが足を踏み出そうとしたところで、横合いから荷車が直撃する。いつもならば荷車のひとつやふたつまったく気にしないタイラントライノであるが、さすがに体勢が悪かった。バランスを崩し泳ぐ体勢を慌てて立て直す。当然、そんな大きすぎる隙を見逃すメディエではなかった。アジャイルガゼルがここぞと加速し、その魔の手から逃れてゆく。

「あっぶな！　助かったけど、何があったの？」

「足元に……荷車を押した方々が！」

振り返って確かめるほどの余裕はない。背後では絶好の機会を邪魔されたタイラントライノの鉄機手(スティールライダー)が苛立たし気に吼(ほ)えていた。

「おのれ！　余計な邪魔をしおっ……」

――ヒュンッ、バシャッ。

言い終えるより先、何処(どこ)からか飛んできた陶器の壺(つぼ)がタイラントライノの頭にぶつかった。中身はたっぷりの塗料――飛び散ったそれが眼球に流れ込み視界を色とりどりに塗りつぶす。

バリンバシャン。さらに壺の砕ける音はひっきりなしに続いていた。塗り潰され狭まった視界の端(はし)に、周囲の建物の屋根を駆ける人影を捉える。彼らはたっぷりと中身の詰まった壺を抱えており、喚声と共にタイラントライノへと投げつけては逃げ去っていった。

「ハッハー！　舐(な)めんな、この街は俺たちの庭だ！　よそ者がデカいツラしてんじゃねーぞ！」

「デカいのはツラじゃなくて図体だがな！　おかげで狙いやすいったら！」

「ははは、違いねぇや！」

フロントエッジシティの住民たちだ。アジャイルガゼルの集音機がその声を拾い上げた。

「何を……しているのですか、危険すぎます！　皆さん下がっていてください！　戦うのは私たちに……！」

「そこにいるの嬢ちゃんたちだろ、加勢させてくれよぅ！　俺たちだってなぁ、街をぶっ壊されて黙っちゃいられないってんだ！」

なんということか。鉄獣機に比べれば人間なんて卵のように脆い、突撃に巻き込まれれば確実に命はないのである。だがそれでも彼らは立ち上がった。地上最強の巨人兵器と戦うために、勇気を手に馳せ参じたのである！

アンナにとっては衝撃であり、メディエにとっては痛いほどその気持ちがわかった。

「みんな……わかったよ。街を守るため、一緒に戦うよ！　でも無理はしすぎないでね」

「おうよ、心配すんなって。よそ者がこの街で俺たちに追いつこうなんざ百年早ぇっての！」

戦っているのは鉄機手だけではなかった。皆との確かな絆を感じ、メディエの身体に力が漲る。

呼応するようにアジャイルガゼルの軀体に魔力が満ち、熱い蒸気を噴き出した。感覚同調によって操られる鉄獣機は、鉄機手の感情の高まりに同調する。動きのキレが増し、元来の素早さがさらに向上していた。今なら二度と捕まることはない、メディエは確信と共に駆ける。

その背後で、視界を奪われ立ち尽くしていたタイラントトライノがゆらりと動き出した。

「なるほど、涙ぐましいではないか。だが浅はかだったな、その程度でこのタイラントトライノが揺らぐなどとォ！」

ブォオオオォッ!!

タイラントライノが全身にある排気管を開放、熱された冷却水が蒸気となって噴き出した。余裕のある巨体、たっぷりと積んだ魔石を喰らい全力稼働を始めたのである。噴きだした水蒸気が靄となって周囲に立ち込める。

「なんだぁ!?　どこにいやがるかわからねぇぞ！」

視界を遮られた住人たちが戸惑い、動きを止めた。次の瞬間、靄の中からタイラントライノがぬぅっと首を出す。その貌に、塗料による汚れは見えない。噴き出した水蒸気によって視界を妨げていた塗料を拭い去ったのだ。

人の顔を象って造形された頭部が、まるで嘲笑っているかのように見えた。

「虫けらどもが。身の程を知るがいい」

振り上げた腕が建物へと突き刺さる。その有り余る膂力があっさりと屋根を砕いた。建物の破片と共にそれらがボトボトと落ちてゆくのを目にした瞬間、アジャイルガゼルが地面を削りながら急制動をかける。

「……ゴメン、アンナ。ちょっとここは、引けなくなった。あいつだけは、許せない！」

「わかっています。私だって同じ気持ち……こちらはお気になさらず、どうぞ存分に！」

「ホント、責任重大だね。ようし、やってやるから！」

足を止めたアジャイルガゼルをタイラントライノが傲然と睨みつける。

「フゥン、まだまだ反抗的なようだ。生きて連れ帰れとの命令だ、殺しはしないが……少々大人しくなってもらう必要がありそうだな」

その時、建物を砕いてもう一体のタイラントライノが現れた。迫りくる二機の巨人兵器を前に、やる気満々だったアジャイルガゼルの腰がすぅーっと引けた。

「あーっと二体一かぁ。ちょっちマヅイかなぁ、ま、頑張るよ！」

慎重に間合いを測るアジャイルガゼルに対し、タイラントライノは無造作に歩き出す。強者に駆け引きなど必要ないということか。脳裏を微かな後悔が過る（よぎる）が、メディエは強気にそれを振り払った。

そうして集中力を高めていたメディエは気付かなかった。視界の端（はし）、晴れ渡った真昼の空に一筋の光が走ったことに。

「何かが、来る……？」

アンナが訝（いぶか）しげにつぶやく。流星か？　いや、それにしては挙動がおかしい。それは明らかに意志ある動きで急激に進路を変えると、フロントエッジシティのど真ん中を目指してまっすぐに落下してきたのだから。ちらりと垣間見える巨大な翼。それは地面に激突する直前に急制動をかけた。

猛烈な風に土煙が舞い上がり、束の間その姿を覆い隠す。

「いったいなに～⁉　え？　攻撃された⁉」

「多分違うかと……中で何かが、動いて……」

土煙のカーテンの向こう、何かが立ち上がってくるのがぼんやりと見えた。

「まさか魔物（モンスター）が来ちゃったの⁉　こんな面倒な時に、も～う！」

メディエが頭を掻きむしる。確かにフロントエッジシティは王国の最辺境、魔物の領域である帰らずの森と隣接した危険地帯だ。しかし近年は開拓が進み、街のそばで魔物の姿を見かけることもなくなってきたのだが。

やがて立ち上がったそれの姿が露わとなる。予想を裏切りまず見えたのは精悍な形状の兜、そこから覗く人間を模した貌。間違いない、人を象り魔力で動く巨大魔道具――鉄獣機だ！

所属不明の鉄獣機はぐるりと周囲を見回すと、アジャイルガゼルへと向かって堂々と歩き出した。巨大な機体である。その頭頂高は、鉄獣機としては大型であるタイラントライノすら凌いでいるだろう。見下ろされるかたちになったメディエたちがたじろぐ。

「ちょっ、なになに⁉　やっぱ敵なのかな！」

「違い……ます。あれは、あの機体は……きっと」

そうして謎の鉄獣機はアジャイルガゼルの前までやってくると、ごく軽い調子で話しかけてきた。

「すまない。急いだんだが、どうやらパーティには遅れちまったみたいだな」

「ああーッ！　その声！」

「やはり……乗っているのはお父様なのですね」

そうして謎の鉄獣機――それに搭乗するワットは「おう」と胸を張り、すぐ違和感に気付いて慌てふためいた。

「んんっ？　おいおい、ガゼルからアンナの声がするだってぇ⁉　さてはメディエと一緒だな！

なんてこった、オットーさんのところにいろと言っただろう！」

「そ、それは！　……私も、皆の役に立ちたかったのです」

　ワットは思わず額を打つ。急いで駆けつけてみればなんてこったい！　とはいえ、よく考えれば予想できたことである。彼の娘はじっと黙って守られてくれるような性格をしていないのだから。

「はぁ～。なんとなく何があったかはわかったぞ。こいつはお説教が必要そうだが……まずは雑用を終わらせてからだ」

「師匠！　街中にデカブツが五機入ってる！　あと外にはいっぱいだよ！」

「了解した、後は俺に任せときな。お前らはちょっと下がっといてくれ」

　ひらひらと手を振り、ワットは敵へと向き直った。先日も戦ったデカブツ――タイラントライノが二機。メディエの話からするにまだあと三機がどこかで暴れているはず。

「奴さんもずいぶんと張り込むじゃないか。そこまでしてあんな椅子が欲しいものかねぇ」

　ワットの鉄獣機が無防備に歩き出す。その様子はまったく隙だらけに見えてしかし、タイラントライノは攻撃をためらっていた。虎が寝ているからといってわざわざ尾を踏みにゆく者はいない。さりとて虎が向かってくるとなれば、抗わねば食われるのみである。

「隊長、あの鉄獣機は……！」

「……わかっている。残念ながら空を飛んで現れたということは、張りぼての偽物ということもないだろう」

　タイラントライノ隊を率いる隊長は強い緊張をにじませていた。彼らはその鉄獣機を知っている。

いや、王都に暮らす人間で知らぬ者はいないと言った方がより正確だ。

「貴様、何者だ。その鉄獣機はこのような僻地にあってよいものではない！」

「さて。何者か、なぁ」

ワットは困り顔で頬を掻いた。名乗りが必要な生き方なんて十年以上も前に捨て去った。この街で暮らしているのはただの労働者『ワット・シアーズ』である。しかし過去との決別を諦め、この機体を持ち出したのだからそうとばかりも言っていられない。それに娘の前で情けないところを見せるわけにもいかないのだ、父親とはげに悲しき生き物なのである。

「大したこたぁない、ただの引退騎士さ。我が友、我が娘の窮地を救わんがため、押っ取り刀で駆けつけた……ってところかな」

「引退騎士だと……？」

古株である隊長の記憶に引っかかるものがあった。だがそれをはっきりと思い出す前に、部下が怒鳴り返していた。

「ふざけるのも大概にしろ！　その機体を所有できるのは……あ、あ、あの方たちがこんな場所にいるわけがない！　その銘を騙った罪、軽くはないぞ‼」

「こいつを知ってるってな。ったく、ふざけるなはこっちの台詞だっての。卑しくも都付きの騎士様がこんな僻地で賊の紛い事とは呆れたもんだ。てめぇの機体が泣いてるぜ？」

「知った風な口を！」

「待て、勝手に動くな！」

隊長の制止を振り切り、部下が飛び出していた。タイラントライノが咆哮と共に突進する。あらゆるものを破砕する突撃を、ワットの鉄獣機は無造作に伸ばした片手で受け止めていた。メギ、と音を立てて掴んだ頭部に指がめり込んでゆく。人を象った顔面に罅が走り、頸椎部が軋みを上げた。

「すまねぇな。手加減はしてやれねぇ」

「んぎぐぁっ⁉」

鉄獣機の頭部には機体の制御部があり、鉄機手との感覚同調を司っている。強引に機体とのつながりを断ち切られたことで鉄機手へと強烈な反動が襲いかかった。悲鳴を上げてもがくタイラントライノへとワットの鉄獣機が掴みかかり、その巨体を力づくで持ち上げる。重量機であるタイラントライノのとてつもない重さすらものともしない。

「そぉらよっ！　持って帰りな！」

タイラントライノ隊の隊長は、投げつけられた部下をすんでのところで避けた。地面に激突した部下の断末魔が聞こえる。さしもの重装甲も、己の大質量が相手では耐えきれまい。

「その力、もはや疑う余地なしか。このタイラントライノがパワー負けするとは……」

隊長は記憶を辿ることを諦め、今目の前にある絶望へと向き合う。

「だが我々とて、おめおめと引き下がるわけにはいかんのだ！」

直後、隊長機が強烈な汽笛の音を響かせる。緊急事態を報せる合図を受け、街中に散らばっていたタイラントライノが集まってきたのである――。

◆

「し、師匠……。さすがにこれはヤバいよぉ」

いかにワットが強かろうとタイラントライノは強敵だ。しかも四機もの敵を単身で相手取るなど、メディエには無謀としか思えなかった。対照的にアンナは確信に満ちた声音で頷く。

「大丈夫ですメディエさん。お父様はきっと、負けません」

「それって王国筆頭騎士ってやつだったから?」

「それもありますが……あの鉄獣機。機体の銘は『ロードグリフォン』……我が国における最精鋭、栄えある国王直属、近衛騎士団の専用機なのです」

「つまり最強の師匠が最強の鉄獣機に乗ってるってことだよね！　それなら大丈夫かも！」

「ええと……はい。その理解でよいかと」

返事をしつつ、アンナは王都から送り出されたあの日のことを思い出していた。

母、カリナジェミアから本当の父親について聞かされ、彼の元へ身を寄せるように伝えられた。味方の少ない王都よりもよほど安全だからと。アンナもしばらく隠れて過ごすのならばとそれを受け入れたのだが――もしやあの時の安全という言葉は襲われたとしても撃退できるという意味だったのか。

「確かにお父様は想像を超えて強い方でした……。ですがお母様。私をこの地に向かわせていったい何をするおつもりだったのでしょう」

いまさらながら疑問が湧き出てくる。あれほどの過去がありながらなお、避難先として選んだ理由はなんなのか。そこにはきっと意味があると、そう思えてならなかった。

◆

彼女が考え込んでいる間にも戦いは始まっていた。

「いいぜ。面倒だ、全員でかかってこい」

「ほざいたな！」

ワットの挑発を受け、タイラントトライノ部隊が一斉に動き出した。魔力技『ストロングバンカー』を発動させた二機が両側から挟みかかり、残る二機もまた時間差で突撃を仕掛ける。まったく容赦のない波状攻撃を繰り出してきた。

対する『ロードグリフォン』は腰に掲げた二本の剣を抜き放つのみ。機体なりに大ぶりではあるもののなんの変哲もないロングソードだ。しかも片方は何故か半ばから折れてしまっている有様だった。

「うぇえっ⁉　師匠、それはさすがに無茶だって！」

メディエが身を乗り出す。タイラントトライノ四機による一斉突撃はまさしく津波のごとく。あらゆるものを引き潰し破砕する暴虐を前に、たった二本の剣で挑むなど正気とは思えない。ワットが叩き潰される未来を予想して思わず目をそらす。対照的に、アンナは祈るように両手を握りしめながら何ひとつ見逃すまいと目を見開いていた。

「敵ながらいい気迫だ。俺もちょっと本気出して応えてやるよ！」

ロードグリフォンが一歩を踏み出す――瞬間、その姿が掻き消えた。否、まるで消え去ったかのごとき速度で走り出す。迫りくる二機のタイラントトライノへと自ら近づき双剣を振るい。美しい軌跡を描いた斬撃が通り過ぎた後、タイラントトライノたちの腕が宙を舞った。

「なっ……!?」

「もういっちょうだ！」

さらに追い打ちの二撃目。斬撃が低い軌道を通り過ぎ、次はタイラントトライノたちの両足が膝から両断された。四肢を失った二機のタイラントトライノが呆然と宙を舞う。

しかし敵もさるもの、第一陣があっさりと倒されたことでただの突撃では打ち負かされると判断、拳を固めて格闘戦を挑む。魔力技によって威力も耐久も向上したハンマーのような拳――だがそれすら双剣が閃いた後、斬り飛ばされボトリと地に落ちていった。ついでのように足まで斬られ地に沈む。

最後に残された隊長が愕然と目を見開いた。タイラントトライノの装甲はたかがロングソードごときに切り裂けるほど柔ではない。そして倒された味方の姿を見て気付く。敵の斬撃は正確に装甲の継ぎ目を狙い断ち切っていたということに。馬鹿げている！　のんびりと狙う暇などあるはずもない。いったいどれほどの技量があればそんな芸当が可能になるというのか！

湧き上がる震えの中、隊長はついに記憶の中から答えを見つけていた。

「……化け物め。思い出したぞ、貴様。騎士を引退したといったな。双剣を使う近衛騎士……中でも最強として名を馳せた男がいる！　竜殺し、元王国筆頭騎士！　貴様……『天斬』のワットかぁッ!!」

「おっと、こいつはずいぶんと懐かしい銘を聞いたぜ。まだ覚えている奴がいるたぁな」

隊長は全身を貫く震えを抑えきれずにいた。あってはならない状況に、いてはならない化け物がいる。

「殿下……この戦いは我々の敗北やも知れません」

残ったのはたったの一機。瞬くほどの間に全ての部下を失った隊長機が立ち尽くす。無敵とも思われたタイラントライノが羽虫のごとく払われた。それは格の違いを理解するのに十分で、もはや勝機などどこにも見えはしない。奇しくも街の守備部隊を悠々と蹴散らしていた、先ほどまでとは真逆の構図である。

「だがしかし！　たとえどれほどの強敵が相手であろうとも、我らに敗北の二文字は許されていない！　我が主の勝利のため、押し通るッ！」

「どうしてその誇りを人々を守ることに使えない！　お前も騎士だろうに！」

「ほざけッ！　所詮逃げ出した貴様に、騎士のなんたるかを語る資格なぞないッ！」

諦めを気迫で押しのけ、隊長機が走り出す。すぐさま真横へと突撃し、建物へと突っ込むとそのまま通りの中に姿を隠していた。

「ったく、痛いところを突いてきやがる。だがな、敗者にだって譲れないものはあるんだぜ」

どこから襲ってくるのか。ロードグリフォンの集音機に耳を澄まし、周囲の気配を探る。しかし敵の目的は異なっていた。続く破砕音は後方のアジャイルガゼルの至近距離から響いてきたのである。

「アンナ・タリス！　貴様さえ手に入れれば！」

「うわ！　こっち来たぁ⁉」

建造物を突き抜け、タイラントトライノがアジャイルガゼルに摑みかかる。たった一機のタイラントトライノではは逆立ちしてもロードグリフォンに敵わない。彼女たちを捕らえ盾とする、他に勝利への道はなかった。

「うちの娘に、汚ねぇ手で触んじゃねぇよ」

黙って見逃すワットではない。ロードグリフォンが足を撓め、地面を吹き飛ばす勢いで飛び出す。彼我の間の距離を一瞬にしてゼロに。速度を乗せ、踊るように振るわれる双剣がタイラントトライノの両手両足を斬り飛ばした。手足を失った巨体がなすすべもなく地面に叩きつけられ、勢いのまま地面を滑ってゆく。

「うわっとぉっ⁉」

自分たち向けて転がってくる巨体を、アジャイルガゼルが跳ねるように避けた。

「ちょっと師匠！　危なかったんですけどぉ！」

「あっ悪い。まだちぃと勘が戻りきってねぇなぁ」

抗議の声を上げ、メディエは一息ついてから周囲を見回した。そこに散らばっているのは切り刻まれた鉄獣機の手足と、もはや移動もままならなくなったタイラントライノたち。

「ええ……デカブツ、本当に全部倒しちゃったんだけど。すごい、これが王国筆頭騎士ってことなのかぁ」

呆然と呟いたメディエの声には応えず、ワットはすぐさま踵を返していた。

「そいじゃ外の方を手伝いに行ってくら。お前らはオットーさんに話通しといてくれ。もうそろそろパーティはお終いだってな」

気楽に言い残し、ロードグリフォンが駆け出してゆく。その背中をアンナがまぶしそうに見つめていた。

第九話　王都への車窓には

それの姿を目にした瞬間、指揮官の男が椅子を蹴立てて立ち上がった。

「なんて……なんてものがいる⁉　なぜ近衛(このえ)騎士が、こんな田舎都市から出てくるのだッ⁉」

取り落としそうになった遠望鏡を握り直し、食い入るように見入る。隣に立つ副官もまた唇を噛(か)みしめていた。

「近衛騎士団が動いたというのでしょうか。彼らに命を下せるのは陛下ただ御一人、だとすれば……」

「それこそ有り得ん！　思い出すのだ。継承選争(レガリスベルム)の監視は事実上、王都周辺のみ！　この不文律があるからこそ我々は事を起こしたはずだ。近衛騎士団は我が国の最強戦力、ゆえにこそ軽々しく動かせるものではない……！」

では今、彼らの視界に映るアレはなんだというのだ。今しも単身ディフェンドバイソン部隊へと殴り込み、草でも刈るような気安さでなぎ倒し大暴れしているアレは。

遠望鏡を握る指に力がこもる。そうして彼は記憶の中からその正体を探り当てた。

「双剣……！　あの戦い方！　まさか、まさか奴(やつ)は……！」

彼は知っている。かつて双剣を振(ふ)るい、この国の騎士の頂点に立った男のことを。彼は覚えている。

竜種を斃し、その戦いぶりから『天斬』の二つ名を得た騎士のことを。であれば考えうる限り最悪の存在と敵対しているということだ。もはや躊躇っていられる時間は残されていなかった。

「即時、全軍を撤退させよ！　同時に殿部隊を編成し、あれにぶつけるのだ！　だが兵には強く言い含めておけ。鉄獣機の被害は甘んじて受けよ、しかし鉄機手はある程度で投降せよと！　事が成れば捕虜などいくらでも解放できる！」

「はっ……。それで、街中に突入したタイラントライノ部隊はいかがしましょう」

「フッ、フハハハハハ。無駄よ！　相手はただの近衛騎士ではない。『元王国筆頭騎士』！『竜殺し』！　かの『天斬』だ！　タイラントライノなぞとうの昔に全滅しているだろうが！」

指揮官は憤懣やるかたないとばかり、傍らに置いてあった茶器を机ごと蹴り飛ばす。

「アレを敵に回した時点で我々の敗北は決定していた。急げ、のろのろしているとここまで辿り着かれるぞ」

副官は難しい表情を浮かべていたが、他に選択肢もなく命令に従った。無傷でロードグリフォンから逃げおおせるのは不可能である。傷口を広げないためには何かを犠牲にする必要があった。

それに指揮官の男の言葉もあながち嘘ではない。継承選争に勝利さえすれば捕虜の解放などお安い御用なのである。とはいえ主目的であるアンナ・タリスの確保に失敗した今、未来に微かな暗雲が立ち込め始めたのも事実ではあるが。

真っ先に撤退を始めた指揮官たちを乗せた、大型の機馬車が走る。客車の中で指揮官の男は忙しなく指を組んではほぐしを繰り返していた。

「どういうことだ……本当にあの天斬なのだとすれば、なぜこのようなところに。我らの狙いはアンナ・タリス……まさか待ち伏せを受けたのか？　だが奴こそレザマに追われたはず……」

様々な可能性が脳裏をよぎってゆく。一度は崩れた状況を組みなおし、少しでも効果的な戦略を選び出す。

「ひとつ、保険程度に仕掛けてみるか。心ばかりの贈り物だ、楽しんでくれたまえよワット・シアーズ……！」

ちょっとした置き土産を残し、賊の軍勢は退いていったのであった。


かくしてフロントエッジシティに襲いかかった脅威は去った。

最後まで粘っていた敵兵もロードグリフォンの前に蹴散らされる。総崩れ状態で逃げ去る賊に対しては狩人たちによる追撃が行われたものの。敵の逃げっぷりはいっそ見事なほどであり、思うような戦果は得られなかったのだという。

◆

「ふぃ～。なんとかなったかなっと」

ロードグリフォンの操縦席でワットは深いため息を漏らしていた。

「久しぶりの大仕事、お疲れ様だな相棒」

長い時を隠れ家の奥で過ごしていたロードグリフォンだったが、不具合ひとつ見せず勝利を手にした。格の低い相手ではあったが、まるで不安がなかったかといえば嘘になる。

敵は退いた、さてこれからどうするかと思ったところで何やら外が騒がしいことに気づく。不審に思ってロードグリフォンの操縦席を開くと、足元に黒山の人だかりができていた。

「おおっ！　ワットの旦那がお見えなすったぞ！」

「街の救世主！」

「俺たちの騎士のおでましだァ！」

「ワット！　ワット！　ワット！」

集まっているのはもちろん街の住人たち、加えて鉄機手（スティールライダー）たちの姿まである。彼らはワットの姿を見るなりわっと歓声を上げ、さらには彼の名を連呼し始めたものだからたまらない。

「うぇぇぇっ。やめ、やめ！　俺ぁただの荷運び！　騎士だのなんだのは十年も前に辞めちまったんだよ！」

「あんだけ派手に戦っといてそりゃあないぜ旦那！」

「ハッハー！　旦那が騎士ってこたぁ、教わった俺たちは騎士見習いってことでは？」

「天才かよ……！　なおさら最高じゃねぇか！」

どいつもこいつも興奮冷めやらず、さらにはあんまりにもこっ恥ずかしいことを言い出す始末。俗に勝利の美酒などというがこれは確かに酔っ払いと大差がない。やめさせようにも一言発すれば何倍にもなって返ってくる有様である。

（勝って嬉しいのはわかるが勘弁してくれよぉ！）

まったく柄ではない。何よりも街のために戦った者はワットの他にも大勢いる、彼だけが大袈裟に褒められるものでもない――と頭を抱えていると、潮が引くように周囲の声が小さくなっていった。

人垣が真っ二つに割れ、その中心を威厳をまとって進む者がいる。オットー・ソコム男爵、あるいは商会会頭だ。

「騎士ワット・シアーズ殿！　まずは勝利への多大な貢献へ、この街の代表者としてお礼申し上げよう！」

「うへぇッ！　勘弁してくれよオットーさんまで！　俺はもう騎士でもなんでもないって、あんたが一番よく知ってんでしょうに！」

「ははっ、それもそうだったな。ではいつも通りにやらせてもらおう。ひとまず色々と後始末がある、ついてきてくれ」

くるりと態度を普段通りに戻したオットーに招かれ、ワットはようやく住民たちの包囲網から抜け出した。感謝か激励か、抜ける時にはバシバシと背を叩かれたりしたが。ワットは戦闘中よりもよっぽど疲労に満ちた吐息をつく。

「ふぅ～。助かりましたよオットーさん。どうにもああいうのはね」

「君にも苦手なことはあるんだな」

「昔から暴れることしか能のない粗忽者でしてね」

「だとしても称賛は素直に受け取っておくものだぞ、ワット。それに皆の気持ちもわかってやれ。この戦いの勝敗を決めたのは間違いなく君なのだから」

「精進しますよぉ」

オットーは笑い出すのを抑えるのに苦労していた。ワットはかつて近衛騎士団に所属し、王国筆頭騎士にまで上り詰めた経歴の持ち主なのだ。活躍の場に事欠くわけがない。ならば称賛など浴び飽きているかと思えば、心底から苦手そうにしている。思えばこの街に来てからも彼はずっとそのような感じだった。とても実力に見合わない荷運び仕事をしながら、一文の得にもならない新人育成を続けてきたのだ。

（まったくもって不器用な奴だよ）

それがオットーにはとても好ましい。彼が味方であったことは、かかる困難な事態の中で唯一最大の救いといえた。

そうして彼らが商館に着くと、そこには当然のようにアンナとメディエが待ち構えていた。

「お父様！　……ふぎゃっ」

「師匠！　どうだった僕たちの活や……いったぁーっ⁉」

子犬よろしく駆け寄ってくる二人にワットは渾身のデコピンをかます。

「お前らな～。まったく無茶しやがって」

「ええ～師匠！　僕たち頑張ったよ、あのデカブツを引きつけたんだから！」

「お前たちだけでやることじゃない。現に追い詰められてただろ」

メディエは口をとがらせアンナは額を押さえ、それでも二人とも抗議の姿勢は崩さない。

「言いつけを破ったことは、すみませんお父様。ですが私たちだけが指をくわえて見ていることなど、到底できません」

「あんま気負うな。喧嘩の矢面に立つために俺たちみたいなのがいるんだからよ」

これが元王国筆頭騎士であり、近衛騎士だった人間の言葉である。この調子だとワットは現役時分からかなりの問題児だったのではないだろうか——傍で聞いていたオットーはそんな気がしてならなかった。


「ともあれだ。これで敵本隊の襲撃をしのいだわけだが、我々は勝利したと言えるのかね？」

オットーの問いかけに、しかしその場にいる誰も首を縦には振らなかった。

「あのデカブツだって安いものじゃないだろうからな、結構な痛手は与えただろうさ。だがいくら戦いに勝とうとも、そいつは枝葉にすぎない」

相手からすれば、あくまでも策のひとつが潰えただけでしかないのだ。この手が使えないなら使えないなりに、すぐさま他の方法を探すことだろう。根本的な解決には程遠い。

「だからこの落とし前をつけるには……継承選争そのものに首を突っ込む必要がある」

ワットの言葉に一同が頷いた。あくまで相手と同じ土俵に立ってようやく戦いが成立するのだ。

メディエが弾んだ声を上げげた。

「だったらさ！　その継承選争ってのが終わるまでフロントエッジシティでアンナを匿うっていうのは？」

オットーはしばし考えてからゆっくりと首を横に振る。

「あまり良い手ではないな。そもそもこれで敵の襲撃が最後という保証がない。確かに小競り合いに勝つだけならばまたワットに頼ればいいかもしれん。だが街が無傷とはいかん以上、これ以上は避けられるに越したことはない」

再び戦いとなった場合、傷を負うのは何より街であり住民たちである。今回の戦いでもタイラントライノが暴れたことにより数多くの建物が破壊され犠牲者も出ているのだ。メディエが顔色を変えた。

「そう……だね。ゴメン、勝てたからってちょっと調子に乗ってたよ」

「私もそのような結果は望みません。再び戦いになるようなら、その前に私が戦いを止めに向かいます」

「だーかーらー、アンナが真っ先に突っ込んじゃったらむしろ状況悪くなるんだってば！」

「お前らなぁ。そういうのは俺らに任せろって言ったところだろうに！」

ワットの一喝で二人が萎れてゆく。それから彼はニィと笑みを浮かべた。

「だが悪くない考えではある。アンナを差し出すって話じゃねぇぞ？　今度はこっちから相手のところに行く……つまり王都へ乗り込むってことさ」

「ええっ！　危なくない？　それって敵の本拠地ってことだよね」

「そりゃあな。だが敵の主目的である継承選争における勝利ってのを邪魔するなら、ど真ん中に行くしかねぇ」

オグデン王国の中心地——すなわち王都。ワットが十七年前に立ち去り、生涯二度と踏み入ることはないと思っていた場所。娘の存在が、彼の地との縁を再びつなぎなおした。

「ふうむ、ワット。理屈だっているように聞こえるが、つまり単に相手のところへ殴り込みに行くつもりだろう。君も娘たちのことをとやかく言えないぞ」

「仕方ないですよ、こいつはもう性分でして」

胸を張るワットにオットーがため息を漏らした。アンナが両手を合わせて握りしめる。

「……継承選争。正直、私には縁遠いものだと思っていました」

「えー。アンナも王族じゃん」

「それはそうなのですが。王位継承権も低いですし、何よりそういったことはお養父様がなされるものと思っておりましたから……」

（そうなんだよなぁ。首を突っ込むのは良いが、あっちにゃレザマの野郎がいる）

第一王子、レザマ・オグデン。かつてワットからすべてを奪い、王都を去る原因となった人物。

継承選争に関わるとなればいずれどこかで接触は避けえないと思っていたが——想像よりも早くその機会が訪れるかもしれない。

（ともかく、まずは昔の伝手をあたってみるか。とはいえここ十数年、便りのひとつもかわしてねぇからな、どこまで頼りになるもんかわからんが）

出たとこ勝負、ぶっつけ本番はワットの得意とするところだ。彼の中で方針が決まりつつあった。

その時、何かを考えていたメディエが口を開く。

「わかった師匠。じゃあ僕も一緒に王都へ行く！」

「言～うと思ったぜメディエ！　本当にわかってるか？　物見遊山の旅じゃないんだぞ」

「もちろんだよ。でも友人が大変な目に遭うかもって時に黙ってられないよ」

「メディエさん……」

メディエがどんと胸を叩いて請け負い。すぐさま横からオットーが口を挟んだ。

「ダメに決まっているだろう」

「パパ、どうしてっ⁉　アンナと僕は一緒に戦った仲なんだよ！」

「この街で戦うのと王都に行くのでは戦いの質が違う。しかも敵は王族……そもそもの力は向こうが圧倒している。危険の度合いもこれまでの比ではない」

「でも……！　アンナは師匠と一緒に行くんでしょう？」

「アンナ嬢の身はワットが守る。しかしそれで限界だ、お前までは手が回らない。そして王都となれば、お前を守るための部下を用意するのも難しいのだよ」

それでも納得がいかないのだろう、メディエの瞳から力が失われることはない。

「自分の身くらい自分で守れるよっ！」

「聞き分けなさい。それに何より……一人娘をこれ以上、危険に晒したいわけがないだろう」

「パパはわかってないよ。僕は守られていたいわけじゃない！　僕が、アンナの力になるって約束したんだ！」

今までならばメディエは引き下がっていただろう。しかしこの時ばかりは止まらなかった。見かねたワットが割って入る。

「あんまオットーさんを困らせるなよ。メディエにはもう十分助けてもらったんだ。後は俺たちに任せて、ここで待っていてくれ」

「師匠はそうやってなんでも一人でやろうとするから！　……それにわかってないのは師匠もだよ。王都にはソコム商会の支店があって、あちこちに伝手があるんだ。僕が一緒の方が断然動きやすくなる。一人じゃできないこともできるようになる！」

「うっ。まぁ……確かにな」

痛いところを突かれた。確かにワットは腕利きの鉄機手である。しかし所詮は一人、アンナを守りながらとなれば何があるかわからない以上、組織によるバックアップはあるだけ助かるものだ。

ワットはちらとオットーの様子を確かめた。最終的な判断は父親と娘、家族の間で下されるべきもの。彼の一存では決められない。

オットーは目を伏せ、今までのことを思い返していた。妻を早くに亡くした彼は、一人娘のメディエを男手一つで育ててきた。だからと過保護にしてきたとは思わない。鉄獣機を乗り回すようなお転婆も許してきたし、早くから狩人ギルドの仕事を任せてもいる。だがしかし、その根本には手許にいるからという安心感があったこともまた確かだった。

（いつまでも子供だと思っていたが……。それは親のわがままなのだろうな）

子供はいずれ大人となり巣立ってゆくものだ。いつまでも縛りつけていることはできない。なら
ば認め見守ることも親としての務めなのだろう。

オットーはメディエの目をしっかりと見つめ、告げた。

「私は領主だ、この街を空けるわけにはいかない。……だからメディエ。お前がソコム男爵家の、
ソコム商会の名代としてワットとアンナの力となるのだ。できるな？」

メディエの顔にぱっと笑顔が咲き誇ってゆく。

「うん！　任せてよパパ！　ソコム家の名に恥じない活躍をしてみせるから！」

「いや無茶はしなくていいのだが」

「大丈夫、大丈夫って！　よ～し、一緒に行こうねアンナ！」

「はい！　また一緒に頑張りましょうね」

手を取り合いはしゃぐ娘たちに、男親たちは毒気を抜かれた表情で肩を落とすしかない。

「子守りが親の仕事だと思っていたが……どうやらそろそろ子離れもこなさねばならないらしい」

「はぁ。こちとら娘と会って一週間なんですがね。まったく親っていうのは大変なもんだ」

どちらからともなくため息を漏らし、互いに小さく噴き出す。やはり子供のわがままを聞くのが、
親の最大にして最難関の役目なのであった。

アンナが気合も十分に両手を握り締める。

「後は、どのように王都まで向かうかですが……」

「そういやロードグリフォンって飛べるんでしょ？　ひとっ飛びすればいいんじゃないの？」

「いやいや、あれってめっちゃくちゃ魔石食うんだよ。あんなので長距離移動なんてしたら途中で魔力切れで落っこちちまう」

「そっか。そううまくはいかないもんだね」

「心配すんな。移動の足についてはこいつがあるんだからよ」

フロントエッジシティ中央駅。プラットフォームで出発の時を今か今かと待ち構えている巨大な魔道具――列脚車を見上げて。

「我が国が誇る最高最大の旅客手段。王国縦断鉄脚道(キングダムズトレイル)で、優雅な旅行と洒落込(しゃれこ)もうじゃないか！」

◆

先頭を走る機関脚車のたてる力強い足音が、車体を通じて響いてくる。

高出力かつ安定した動力を供給する大型の魔心核(マシンハート)が、この巨大な魔道具に王国を縦断することを可能としている。鉄脚道は諸国にオグデン王国の技術と力を知らしめるものであり、他にもいくらかの理由があって周囲でいかなる問題があろうとも休むことなく運行されるのだ。

「ふぅ。貨物車にゃあ毎日乗り込んでたが客車に乗るのは久しぶりだぜ。つうかこの街に来て以来だな」

「お父様……はしたないですよ」

オットーが手配してくれた一等客車の一室にて、ワットは座席の上にだらしなく身を投げ出していた。一等客車はワットくらいの収入ではとてもではないが利用を躊躇う価格である。高額いだけあって個室は広々としており、座席も長身のワットがくつろぐのに十分だった。

いい歳こいて子供みたいにはしゃぐワットに眉を顰めつつも、横でメディエまでもがだらしなく伸びているのを見てアンナはため息を漏らしていた。淑女としてはあまりだらしのない姿は見せられない。

「ついこないだ列脚車に乗ってフロントエッジシティに来たばかりですのに。なんだかずいぶんと時間がたったような気がします」

「それだけフロントエッジシティが気に入ってもらえたのなら、僕も嬉しいよ！」

アンナは曖昧な笑みで頷く。ただ気に入ったというだけではない。これまでほとんどを王宮の周辺で過ごしてきた彼女にとって、この街は初めて触れる外の世界なのだ。期間は短くとも刺激に満ちた、大切な経験である。

「さすがの王国縦断鉄脚道でも王都まではしばらくかかるからな。のんびり寝て過ごすとしようかね」

「そんなもったいない！　折角の列脚車の旅、ここは鉄脚道マスターである僕に任せてよ！」

ずいとメディエが身を乗り出す。ワットは首をひねっていた。

「いやなんだよそりゃ……つうかお前、そんな言うほど乗ってるか？」

「パパの手伝いがあるからね！　ソコム商会の仕事で何回も利用してるよ」

「そういやそんなことしてたな……」

思い返してみれば、ワットは駅員としてメディエを見送ったこともあった。なるほどあれは商会の仕事だったのかといまさらながらに納得する。

「フフン！　数ある鉄脚道のなかでも王国縦断鉄脚道の列脚車は最大にして最豪華！　各種設備も充実！　なかでも食堂車は王国各地の食べ物が味わえる、僕のお勧めなんだよ～！」

「お前はどこの回し者だよ」

そんな熱意に負け、一行は自信満々のメディエを先頭にぞろぞろと食堂車へと向かった。途中、車内に設置された掲示板が目につく。ここには王国内における各種の告知や場合によっては個人の連絡などが貼り出されるものだ。

その一角に何やら見覚えのある顔を目にして、吸い込まれるようにアンナが立ち止まっていた。

「あの……これ。もしかして、お父様のお顔では……ありませんか？」

「え、師匠？　どれどれ。う～ん……ちょっと凶悪度マシマシな感じだけど、結構似てるね！」

「おいなんだよその評価は。つうかちょっと待て、俺の顔だって？」

メディエまで覗（のぞ）き込んで頷くものだから、ワットは慌てて貼り出しを確かめた。そこにあったのは確かに彼の似顔絵だった。どことなく違和感があるのはおそらく、似顔絵の方が風貌が若いせいか。

そんなことよりも問題は似顔絵の下に書かれた文言にあって――。

『この者、王家反逆の罪につき手配す』

「待てやァ！　思いっきり指名手配じゃねぇか!!　うわそうかちっくしょう賊の野郎だな！　姑息（こそく）

な手を使いやがってぇ……！」

　思わずツッコミを放ってから頭を抱える。誰がなぜやったかなど考えるまでもない。ワットのことを知り、指名手配をかけることができて、しかも王家反逆罪なんぞをおっかぶせたい人物など限られまくっている。

「ちょ、それってまずいよ！　これから王都に向かおうってのに、指名手配なんかされてたら……」

　メディエが慌てるも時すでに遅し。騒ぐ彼女たちの背後から声がかかる。

「どうかされましたか？　なにか問題でもありましたか」

　びくっと振り返れば、そこにいたのはよりによって列脚車を巡回する警邏の兵士であった。とっさに言葉が出ず固まる一行を不審に思い、兵士はふと傍らの掲示板に目を止め。慌てて手配書を隠そうとしたが手遅れだった。兵士は手配書とワットを見比べ、みるみる表情を厳しくしてゆく。

「おい貴様、もしや……」

「撤収ゥ!!」

　即決即断。ワットは慌ててアンナを抱えると一目散に駆け出し、メディエがその後を追った。

「待て！　手配犯だ！　手配犯がいたぞ！」

　背後からは警邏の兵が鳴らす甲高い警笛が響いてくる。

「おおおおおおお事実無根ッ!!」

「まったく冤罪もいいところです。これは正式に抗議して取り下げてもらわないと……」

「そういうんじゃないから！　きっと言っても無駄だからコレ！」

彼らが列脚車内を全力疾走している間にも、警笛を聞きつけた警邏の兵士があちこちから集まってくる。

「手配犯だと⁉　どこだ！」

「気をつけろ！　奴は王家に反逆を企てた凶悪犯らしい！」

「少女を人質に取っているぞ！　なんて卑劣な犯人だ！」

「嘘だろ冤罪増えてる……⁉」

「もう誤差！　気にしてる場合じゃないから師匠！」

逃げ惑う他の乗客を掻き分けワットたちが走り、その後を兵士たちが団子になって追いかける。

そうして兵士たちが連結部を越えて次の列脚車へ入ると、奥へ延びる通路からは人影が消えていた。

「手配犯はどこだ⁉」

「わからんが、このまま先頭車両まで追い詰めれば逃がすことはない。ゆくぞ！」

足音と怒鳴り声が遠ざかってゆく。

「……行ったみたいだよ」

兵士たちが走り去ってしばし。とある客室の扉がそろっと開き、メディエが顔を出して周囲の様子を窺った。誰も追いかけてきていないことを確かめてからそっと引っ込んでゆく。

「ふぅ～。空きの部屋があって助かったぜ」

「ホント、焦ったぁ」

たまたまこの部屋を見つけていなければ列脚車の端まで逃げて追い詰められる羽目になっていた

ことだろう。三人は一息ついて、ひそひそとこれからについて話し合う。

「どうしましょう。まだまだ王都までは長い道のりです」

「残念！　だけど列脚車はもうダメだね。機馬車借りるとか？」

「費用はともかく時間がかかりすぎる。着きました、もう全部終わってましたじゃ格好つかねぇだろ」

話してる間に列脚車が速度を緩め始めた。そういえばそろそろ次の停車駅へと着く頃合いである。

「しめたぞ、これで逃げられる！」

客車の窓を開く。駅が十分に近づいたのを見て、ワットたちは列脚車が止まり切るのを待たず飛び降りた。そのまま駅の賑わいに背を向けて全力疾走だ。

「賊めぇ、この恨み晴らさでおくべきや！　王都に着いたらこんどこそロードグリフォンでぶん殴ってやるからな！」

「ホント最悪～！　ごはん食べ損ねたしー!!」

「駅以外での途中下車は初めてです。なんだかワクワクしますね！」

「しなーい！」

長い悲鳴の尾を引きながら、三つの影は木々の間へと消えていったのだった。

第十話　旧交、爆熱す

多脚の駆動音を響かせ、蒸気を噴き上げながら列脚車が走る。

フロントエッジシティを発った王国縦断鉄脚道（キングダムズトレイル）は、出発後に指名手配犯が乗り合わせていることが判明したために警邏（けいら）の兵士を倍増させながら走っていた。列脚車内には物々しい雰囲気が漂い、乗客たちはさっさと指名手配犯が捕まればいいのにと口々にぼやく。

「やれやれ。こいつは優雅な旅には程遠いな」

ワットは列脚車の天井を眺めつつため息を漏らした。周囲に彼の長い手足を伸ばすほどの余裕はなく、とてもくつろぐことなどできない狭苦しい場所である。隣にはアンナとメディエの姿もあったが、彼より小柄な二人はそこまで苦労していないようだった。

明らかに座席ではない何かの上でメディエが胸を張る。

「ほら、僕が一緒に来てよかったでしょう？」

「まさかこんなに早く頼ることになるたぁな……」

「さすがはメディエさんですね！」

お尻の下からは動く多脚による規則正しい振動が伝わってくる。彼らは間違いなく列脚車に乗っている――しかし何しろワットは指名手配犯、いかにして警邏の兵士の目をかいくぐったのか。

「荷下ろしを生業にしちゃあいたが、まさか自分が荷物になる日が来るとは思いもしなかったぜ」

そう、彼らはソコム商会の手によって客車ではなく貨物車両へと荷物と一緒に乗り込んだのである。本来、貨物車両には人を乗せてはならないことになっており、ありていに言って密航の類であった。

「つうか我ながら、こうもほいほい乗り込めてよいもんかね」

この方法が有効な理由には王都の物流事情が絡んでくる。何しろ王都とはオグデン王国最大の都市、消費する物資の量も生半可なものではない。それを支える物流は膨大で、とても確認などしていられないのである。そのため到着して荷下ろしの際にまとめて確かめるのが通例であり、道中はほぼほぼ監視の目がない。現に警邏の兵士がやってくる気配はまったくなかった。

指名手配犯でも簡単に紛れることができてしまうのは問題があるのでは？　などと、ワットの頭の中で昔の職業倫理が囁いてくるが気にしないでおいた。今は緊急事態につき超法規的な感じでまかり通る、そういうことである。

「ひとつ難点をあげるとすりゃあ運び方が荷物そのもので、ご自慢の客車をまったく楽しめねぇってところだが」

「そこはさすがに我慢してよぉ。僕だって美味しいごはん欲しかったし」

「お前らはまだ良いがな？　俺はさすがに姿勢がつらいんだ」

「狭いのは師匠の荷物がバカでかいせいで、僕らのせいじゃありませーん」

「くそう……」

貨物車両の大半を占める大荷物、暢気に寝ている彼の相棒が今だけは恨めしい。

「ふふ、こういう旅も新鮮ですね。それに皆さんと一緒だと、なんだか楽しいです！」

「そりゃなによりだよ……」

ニコニコとしたアンナには勝てそうにもない。どんな状況でも楽しめるのは一種の才能かもしれない。彼女と一緒ならば狭く息苦しい貨物車両の旅も少しはましなものになりそうだった。

◆

全ての王国縦断鉄脚道の始発駅。オグデン王国の都、『オルドロック』。

フロントエッジシティも辺境というにはなかなかに発展した街であるが、さすがに王都とは比べ物にならない。良質な石材をふんだんに用いた堅牢な街並みは、木造建築の目立つフロントエッジシティとは趣からして違っていた。

一行は荷下ろしに紛れて王都へと降り立っていた。荷物そのものはソコム商会の手によって運ばれてゆく。

「手配されたのが師匠だけで助かったよね」

「なんて薄情なことを言う弟子かな」

目深に被った帽子に付け髭という、ありあわせ感の漂う変装を押しつけられたワットがため息と共に天を仰ぐ。経緯はどうあれ指名手配されている状況で素顔を晒して歩くわけにもいかない。しかし似顔絵付きで手配されているのはワットのみ、アンナとメディエは堂々と素顔を晒して歩くことができるのだ。なんとなく理不尽な思いを抱えつつ王都の石畳へと踏み出してゆく。

「あーあ、帰ってきちまったか」

十七年、ワットがこの街を離れてからそれだけの時間が流れた。王国の歴史に比べれば微々たるものであれど、人の一生にとっては短くない時間。

（なにせ会ったこともない娘がこれだけ大きくなるくらいだからな）

感慨深く、隣を歩くアンナのつむじを見下ろす。彼女はメディエと一緒に街並みを指さしてはあれこれ話し込むのに夢中だった。おいメディエ、王都の美味しい店の案内は今はいらないぞ。

そうして歩みを進めるほどに街の雰囲気は古さをまとってゆく。駅の周辺が新しく活気に満ちているとすれば、この辺りは老成し落ち着いているというところか。

「さすがは王都だよね。こういう雰囲気はフロントエッジシティじゃ真似できない」

「規模も人口も王国最大、諸国に誇る華の都だ。ま、そいつを支えるために山ほど物が必要なんだから善し悪しだな」

ワットが顎を撫(な)でさする。華やかさを維持するために日夜大量の物資を消費し、それを支えるために鉄脚道が休まず走り続ける。今まで誇らしげに思ってきた鉄脚道(モノ)が実はひどく哀れに思えてきた。

（都は王に似るってか。そういや俺が仕えていた時の陛下も、少々派手好きのきらいがあったなぁ）

現国王は王国縦断鉄脚道を開通させるなど功績も大きい人物であるが、強い自己顕示欲の持ち主でもあった。それが他国への侵略というかたちで発揮される前に老境に至ったがために名君足りえているにすぎない。

「継承選争(レガリスベルム)の様子を見るに、次の王はその限りじゃあなさそうだがな」

「次の、王……」

アンナにとってはまったく他人事(ひとごと)ではない、なにせ彼女の養父はこの国の第一王子なのだから。

考え込んでしまった彼女の横でメディエがくるくると周りを見回す。

「ところで師匠、王都に来たはいいけどこれからどーすんの？　さっそく敵の本丸に殴り込みとか」

「おいおい、なぜそんな初手から野蛮なんだよ。まずは紳士的に、話し合いで解決を目指すに決まってんだろ」

「最初に殴りかかってきたのは向こうなんですけど～？」

「違いない。ま、その辺は俺にちょっとした当てがあってな」

ワットは王都の道のりを慣れた調子で歩き出す。

「まずは昔の友達(ダチ)に、挨拶に行くのさ」

◆

どれだけ時が空いたとしても道は足が覚えているものらしい。ワットは入り組んだ道を迷いなく進んでいった。規則正しく並んだ石畳には摩耗が見られ、この場所が経てきた時の重みを伝えてくる。

一行は住宅の集まる閑静な区画へとやってきていた。大貴族が所有するのであろう広大な屋敷ではなく、やや質素な邸宅が並んでいる。この辺りはそれなりに身分がありつつも王都を本拠地としない者たちの別宅としてしばしば利用されてきた。かつてはワットもこの片隅に居を構えていたのだ。近衛(このえ)騎士団の一員として、職場である王城へと登城するために毎日のように歩いていたのである。

「怖いくらい変わってねぇな」

記憶にあるまま、余りにも変わらない景色。まるで十七年前の時を歩いているかのような錯覚を覚え、ワットの背中をなんとも言えない感覚が這(は)い上がってゆく。

「わ～、なんだかお高そうな場所だぁ」

「王都の中ではそれほどではありませんよ。大貴族の別邸など、広大な庭を持っているものもありますし」

「うーん、縁がない！」

そんな記憶も、隣を娘たちがぺちゃくちゃしゃべりながら歩いていればすぐに木っ端みじんである。昔の記憶の中ではない、ワットは今現在を歩いている。

「はっ！　目的地はそろそろだぞ。そこを曲がったところに……ああ、あった」

通りの名を確かめ、曲がり角の向こうへ進み——そこにあったのは、こじんまりとした庭を持つ一軒の屋敷。その姿は彼の記憶と寸分たがわない。彼女と顔を合わせるたびに自慢された庭も、やや神経質なほど掃除の行き届いた館も。ほとんど時が止まっているかのごとくそのままの姿で。

正直に言えば、彼女がまだここに住んでいるかは一種の博打であった。だが一目で確信を得た。

この家の主は変わっていないのだと。

「ここにお友達が住んでいらっしゃるのですね。どのような方なのですか？」

「ちょっとばかりお堅いが頼りになる奴だ。実をいうと俺とカリナの共通の友人でもあってな」

「お母様とも……」

十七年前と同じように垣根越しに庭を覗き込み。全くの偶然に、十七年前と同じように彼女は庭の手入れをしていた。何もかもがそのままで、ただひとつ違うのは彼女が記憶よりもずっと老け込んでいることだけ。

（そりゃあ俺だけ歳をとるわけがねぇわな）

皆に等しく同じだけの時が流れてきた。

彼女は手際よく雑草を取り去ると、きびきびとした動きで立ち上がり。そこで生垣の向こうから覗くワットとばっちり目が合った。

「い、いよっ。久しぶり」

しまった、なんて声をかけるか考えていなかった。ワットはとっさに出てきた子供のような台詞とともに手を挙げて。彼女はそのまま固まった彼の姿をぼんやりと眺め——ていたのは一瞬のこと。眼鏡の奥の瞳がきっと細められ、眦が急速に吊り上がってゆく。

「あなた、まさか……ワット……ワット・シアーズ!?」

「お、おう覚えててくれたか。ひっさしぶりだなぁ『キャロ』」

次の瞬間、彼女——『キャロ』こと『キャロローム・アエストル』は飛ぶように一歩で生垣との距離を詰め、昔を思い出させるクッソ馬鹿力でワットの腕を握り締めると高らかに叫んだ。

「指名手配逃亡犯、ワット・シアーズ……確保！」

「うお痛ってぇ！　っていきなりかよ！　ちょっと待てよ十七年ぶりに顔を合わせた友人だぜ⁉　もうちょっと旧交を温めるとかなんとかねーのかよ！」

「うるさい。うるさい。うるさい。十七年……十七年もの間なんの便りも寄越さなかった挙句、次に名前を聞いたときは指名手配されてるような男を友と呼んだ記憶なんてないわ！」

「あっちょっとそれには色々積もる話がありましてですね。説明しますんで、ひとまずけっこー腕痛いんで緩めてもらえると嬉しいんですけどー⁉」

「説明？　へぇ、説明。あの時はなんの説明もなしに私……たち近衛を捨ててさっさといなくなったというのに。いまさら何を説明してくれるのかしら⁉」

「えーとうん、その節はまこと申し訳ありませんでした」

「どうして！　どうして………いまさら、帰ってきたのよ」

俯き肩を震わすキャロームに、ワットはよっぽど肩を抱こうかと思ったが、状況を思い出して思いとどまる。

「すまんキャロ。まずは落ち着いて聞いてほしい」

「二度と……そんな呼び方をするなと言ったはずよ」

「ああいやその、その前に。実に言いにくいんだが……連れがいんだわ。俺の娘と弟子が、そこに」

瞬間、ギョバッと音がしそうな勢いでキャロームが顔を上げた。赤くなった瞳で見回せば、呆気にとられた表情で固まるアンナとメディエの姿がある。

「あっ。違……」

彼女はとっさに何かを言いかけたまま口元を引きつらせ凍りつく。気まずい沈黙の中、先に正気を取り戻したのはアンナの方であった。

「あ、あの。近衛騎士のキャローム・アエストル様でいらっしゃいますね。城でお見かけしたことがございますわ。私、アンナ・タリスと申します」

「へあ、アンナ姫様……？　もちろん王族の皆様は存じ上げておりま……あっ！　娘って、カリナとの……!?　ちょ、ちょっと待ちなさいワット!!　色々と聞いていないのだけれど!?」

「安心しろ。だいたいは俺もつい先週くらいに聞かされたばかりだぜ」

「何も安心ならない！　手配されたことといい、あなたいったい何をしにここに来たのよ！」

「そいつぁこれから次第なんだが……思うに多分、戦（いくさ）だな」

不敵な表情を浮かべたワットを見て、キャロームは眉間の縦皺（しわ）を五割増しにしたのであった。

◆

キャロームの自宅は相変わらず神経質に片付いていた。家の中にも庭で育てた花を飾っているのはよいが、その配置と種類までもが記憶と寸分変わらなさ過ぎて若干怖いまである。出された茶の香りまで当時と同じで、ワットなどはむしろ嫌がらせを受けているのでは？　という妙な勘繰りをしてしまいそうになっていた。

（あいっかわらずヤバい几帳面だぜ。昔っから人気が高かったのに、だいたいの男がこの神経質ぶりに怯んで逃げっちまったんだよなぁ）

この様子では今も独り身なのだろうな、と思ったが口に出さないだけの賢明さが今のワットにはあった。いかにワットとて命は惜しい。その証拠に眼鏡の奥からは強烈に鋭い視線が投げかけられてくる。

「今、何か失礼なことを考えなかった？」

「まさかー。久しぶりに会った友人に、んなことするわけないだろー」

「その白々しい表情。あなたはちっとも変わっていないようね。安心するべきかどうか……」

ため息と共に振る舞われた茶を一口含む。これまた相変わらず美味かった。

「昔のご友人というのは、近衛騎士の頃のお仲間のことだったのですね」

「まぁな。どうやら今も近衛騎士やってるようで何よりだ」

「誰のせいだと思っているの？　それよりも聞かせなさい。いったい何をやらかして指名手配になんてなったのか、なぜアンナ様とご一緒なのか、あとそこの弟子とか言ってる子供はなんなのか」

「ちょっと、僕は子供じゃな……」

「はいはい面倒だからそういうのは後でなー」

メディエが何やら抗議の声を上げそうになったのをワットがやんわりと押しとどめる。

「わかりやすく言うとだな。いきなりアンナが来て俺とカリナの娘だと言い出して、そんでもって賊に狙われてたからぶっ飛ばしたら俺が指名手配されたってわけよ」

「何ひとつわかりやすくないのだけど？」

「お前にゃこっちの方が通じやすいか。アンナを狙ってるのはおそらく王族の誰かだ」

「……王族。どう考えても継承選争絡みじゃないの……はぁ、正真正銘の厄介ごとね。十七年ぶりに現れるなら、もっと気の利いた手土産のひとつでも持ってくるものではなくて？」

「そりゃすまんかった。だが俺だってこんなことでもなきゃあ王都に来ようだなんて思わなかったもんでね」

「私も、あなたは二度と現れないものだと思っていたわ」

見つめ合い、先に目を逸らしたのはワットだった。随分と威勢のいい啖呵を切って飛び出してきた自覚があるからだ。二人が話している間、アンナとメディエは忙しなく彼らの表情を見比べている。

「ねーアンナ。キャロさんって昔の同僚って言ってるけどさ～。もしかして師匠に……」

「うう。メディエさん、憶測でものを言ってはいけませんよ」

アンナにしたところで、ワットが元王国筆頭騎士であり近衛騎士だったというのはつい先日知ったところである。近衛騎士とは何名か面識があるが、そこに知己がいることなど知らずに過ごしてきた。

キャロームがため息をひとつ挟んで気を取り直す。

「それで？　賊に襲われたと言ったけれど、相手の規模は？」

「ああ、大貴族子飼いの軍がひとつってところだな。少なくとも街のひとつやふたつぶっ潰す勢いだった」

聞いたキャロームの顔に露骨にあきれの色が浮かぶ。

「ほんっと―うに成長しない人ね。近衛を離れておきながらまた軍を相手に暴れてるとか」

「うるせいやい」

その時、横で話を聞いていたアンナがにわかに身を乗り出してきた。

「まぁ。お父様は昔からこのようなことをしていたのですか？」

「ええ、その通りなのです姫様。こいつときたら少々腕がたつのをよいことに売られた喧嘩は残らず全て買う、出撃すれば真っ先に突っ込んでゆく、魔物の群れだろうと軍隊だろうとまったく頓着しない。カリナと私がどれほど諫めてもまったく聞く耳持たず……」

「はいやめ！　い～じゃねぇかそんな昔のことは！　それに俺ぁ切り込み隊長だったんだから、真っ先に行くのが役目だっただろうがよ！」

「あなたは切り込み隊長じゃなくて騎士団長だったでしょう。なのにロクに指揮をしないから皆困っていたじゃない」

「ぐっ……。そりゃあれだ。指揮の腕なら俺より勝ってる奴がいっぱいいたからな。そう！　適所適材ってやつだよ」

「どうかしら？　あなたはそもそも近衛騎士団向きじゃない小さな事件まで勝手に首を突っ込んでいたじゃない。腕っぷしで解決できるものは俺に任せろとか言って」

「あはっ！　師匠、変わってなーい」

「いやいや若気の至りってやつだよ！　今はそんなバカしてないだろ！」

「ですがお父様は、私のことも迷わず助けに来てくださいました」

「それとこれとは、また別であってな……」

「そうね。そこの弟子とかいう娘、次はあなたの知るワットについて聞かせてちょうだい。今まで何をしてきたのかをね」

「む、なんだか雑な扱い……でもいいや。まずは師匠の話ね！　うん、あれは師匠が街に来て間もない頃のことで……」

「はいそこまーでー！　お前ら、昔話はそれくらいにして！　問題は今この時なんだからねー！　間違えないでねー！」

　ふてくされたワットを見たアンナがくすくすと笑った。

「このようなお父様、初めて見ました。昔の仲間とは良いものですね」

「く。父の威厳が削れるじゃねぇか」

「威厳？　王国筆頭騎士まで上り詰めておきながらそれをすっぱり投げ出して。本当、いまさらよ」

「ぐぬぬ」

　キャロームには昔の悪行をあれこれと把握されているし、メディエもネタなら山ほどあるに違いない。形勢が不利な時にはさっさととんずらこくに限る。

「ところでキャロ！　昔の話もいいが最近の王都のことを聞かせてくれよ！　なにせ久しぶりでね、詳しいことはさっぱりなんだ」

キャロームはよっぽど呼び方に文句をつけてやろうかと思ったがかろうじて思いとどまった。言ってすぐに変えられるような器用な男ではないとよく知っているからだ。

「はぁ……そうね。知っての通り、陛下が病を得られて継承選争の開催が発布されたわ。それから表向きは静かといったところね。そもそも国民たちにとってはそれほど興味のあることではないでしょうから」

継承選争に直接関わるのは大半が貴族位にある者たちであり、国民は結果を知らされて終わりというのがほとんどだ。彼らが興味を持つとすれば新たな国王が即位するときに行われる式典と、そこで振る舞われる酒の質くらいであろう。

「継承選争の状況はどうなんだ？　いったい誰と誰が争ってるんだよ。地方にいちゃあその辺全く聞こえてこなくてね」

「名乗りを上げたのは主に二人ね。第一王子レザマ・オグデン様と、王弟である『ターク・オグデン』様。始まってすぐにこの二強状態になって、他の王族は早々に参加辞退を表明していったわ」

（レザマの野郎なら有象無象に圧力かけるくらいは平気でやるだろうが。逆に言えば王弟殿下はその程度に屈しないくらいにゃ勢いあるってわけだ）

「聞こえてくる話では第一王子派の有利といったところかしら。王弟殿下は貴族の支持を取りつけるのに躍起になっている、というのが現状よ。アンナ様が狙われたとなれば間違いなく王弟派の仕業でしょうね」

なるほど、それで王弟派は一発逆転を狙ってアンナを人質にしようとしていたわけだ。道理で、過剰なほどの戦力を投入してくるわけである。まったくどいつもこいつも見境がない。

「だけど少し妙ね。少し考えれば、王弟派がアンナ様を狙うかもしれないとわかりそうなものだけど」

継承選争に参加するとなれば身内の警護をまっさきに厚くするのは基礎中の基礎とされる。表向き武力の行使を禁じているとはいえ、見えないところで何があるかわからないのだから。だというのにレザマはアンナを手元から早々に遠ざけている。いかにワットという保護者がいるとしても、これではまるで襲ってくれと言わんばかりではないか。

目線で問いかけてみればワットも頷いた。

「まぁ想像通りだろうよ。アンナはいわば……囮だ」

「……わかっておりました。お養父様ならばそれくらいのことはするだろうと」

「相変わらず陰険なことが得意な野郎だぜ」

アンナはショックを受け――たわけではなかった。むしろ薄々わかっていたことを確かめたにすぎない。義娘であろうと利用できるものはなんでも利用する。レザマ・オグデンとはそういう人物なのだ。

「だが解せない部分もある。そんなことをしてレザマにどんな得があるのかってことだ」

そもそも第一王子派が有利な状況であるとすれば、どっしりと構えてことを進めていればいいのではないか。アンナを危険に晒してまで何か得られるものがあるのか、それはワットにもわからないでいる。

「その辺も合わせてどうにかするために、ここまで来たんだが……」

急にワットが顔を上げ周囲を見回した。キャロームも厳しい表情を浮かべている。

「どうも、招かれざる客が来たようだぜ」

「ええ。囲まれつつあるわね。結構な規模のようだけど」

アンナが目を丸くする。メディエも慌てて意味もなく左右を見回した。

「ええっ！　ここって王都のど真ん中なのに⁉」

「もう忘れたか？　ここが敵の本拠地って言ったのはお前だろ」

「それはそうだけど〜」

そんな話をしている間にも、家の周囲は娘たちにもわかるほど騒がしさを増しつつあった。

第十一話

監獄狂騒曲

王都の一角、普段は静かな住宅街には時ならぬ緊張が走っていた。物々しい装備を身に着けた者たちが集まり、とある邸宅を包囲しているのである。

本来ならば王都の警護を任されているのは王国軍のうち王都守護騎士団と呼ばれる部隊である。彼らは警察のような役割を担っており、その専用の制服と徽章は王都の住人たちにとっても馴染み深いものだった。そして今街中に展開している部隊は見慣れぬ徽章を持ち、明らかに別の軍なのである。

王都の中で動ける軍は基本的に王都守護騎士団のみ。他所の軍を動かす許可などそうそう下りることはないと住人たちはよく知っていた。にもかかわらず見慣れぬ軍が動いているということはよほどの事態があってのことに違いない。気にはなれど、さすがに軍隊に面と向かって問いただす度胸の持ち主はいなかった。

そうして住人たちが遠巻きに眺めていると、後方からは特注らしき大型機馬車までやってくる。いよいよ大事である。

さらに気になるのは軍隊が包囲している邸宅のほうだった。住人たちの知る限り、あの家に住んでいる者は確か――。

◆

窓の外をちらりと覗き込めば、武装した兵士たちが周囲の景色から浮き上がって見えた。既に包囲が終わったからなのか、もはや行動を隠すつもりはないらしい。

「はぁ～。王弟殿下は大変せっかちでいらっしゃる。旧交を温める暇もくれないとはね」

ワットがカーテンの陰に身を潜めて言った。

「連中のつけている徽章、明らかにターク公の手の者ね。あなたたちが来てからそれほど経っていないのにもう軍を動かしている……ということはそもそも私が見張られていたってことかしら？　仮にも近衛騎士に対してずいぶんな仕打ちをしてくださるわね」

「そういやさっさと俺に指名手配をくれたことといい、どうもこちらのことをよくご存じの様子だ」

「そりゃああなたの暴れっぷりは十七年程度では風化しないでしょう。この警戒ぶりにも頷けるわ」

キャロームは頷いているものの、納得のいかないワットであった。

そんな妙にのんびりとした大人たちとは違い、若者たちは色めき立っている。

「そんな、囲まれてるの!?　師匠、すぐに逃げようよ！」

「お父様なら、ここも戦って突破するおつもりでしょうか」

「ええっ!?　ロードグリフォン持ってきてないよ、さすがに無茶だよ師匠！」

「お前ら俺をなんだと思ってるわけ？　ま、じたばたしても始まらない。こうなりゃやることたひとつだわな」

そう言ってワットがキャロームを見つめる。考えはすぐに伝わったようだ、彼女は眼鏡（めがね）の位置を直しため息を漏らした。

「……はぁ。気が進まないけれどやるしかないようね。本当、あなたといると損な役回りばかりね」

「すまねぇな。久しぶりだってのに面倒をかけちまって」

「まぁいいわ。これくらいあなたの現役時代に比べれば大したことではないし、慣れたものよ」

ワットが不敵に笑えば、呆（あき）れてはいれどキャロームも臆した様子なく頷いた。若かりし頃は彼のやる無茶にしょっちゅう付き合わされてきた。それこそ軍に包囲されるくらい大したことではないくらいの暴れっぷりだったのだ。

（己の信ずるもののためならば軍だろうと大貴族だろうと臆せず立ち向かう。本当に変わっていないわね、ワット）

状況に対する憤りよりも先に懐かしさすら感じるほどに。そんな彼だからこそ、キャロームも信ずるに値する。

「そいじゃ、ちょっくら行ってくるわ」

躊躇（ためら）いなく一人歩き出したワットに、アンナたちはぎょっとした表情を浮かべた。彼はにっと笑い、安心させるようにアンナの頭を撫（な）でる。

「心配はいらねぇ。キャロ、そいじゃ頼んだぜ。アンナ、メディエ。キャロの言うことをよく聞くんだぞ」

そうして止める暇(いとま)も有らばこそ、ワットは鼻歌交じりに玄関をくぐり出た。

外に出てみれば、そこには十重二十重(とえはたえ)に邸宅を包囲する兵士たちの姿があった。のこのこと現れた彼の姿を見て緊張が走ったのが手に取るようにわかる。

「おっとお、こいつはまたずいぶんと賑(にぎ)やかだ。これから祭りでも始まるのかい？」

ニヤニヤと笑いながら軽口を叩くワット。その後ろから現れたキャロームが努めて不審気に周りへと問いただす。

「これは一体なにごとですか。王都の内部で軍を動かすことは王国法にて禁じられているはず」

部隊の隊長格なのであろう、部下を率いた軍人騎士の一人が前に出て敬礼してきた。キャロームも近衛騎士団式の敬礼を返す。

「それは平時における決まり、然(しか)るべき理由があればその限りではありません。そして我々は王家反逆の重大指名手配犯、ワット・シアーズを捕縛すべく動いております。アエストル卿(きょう)にもどうかご協力いただきたい」

「なんと、このワットが？」

キャロームが白々しくワットを睨(にら)みつける。しかし演技とは思えないほど本気で視線が険しいのだが大丈夫だろうか？　ワットの脳裏にちょっぴり不安が過(よぎ)ったが無視しておいた。

「そういうことだ、ワット・シアーズ。我々と同行してもらおうか」

そこに後方から大型機馬車が進み出てくる。降りてきた人物が誰かを確かめたキャロームが、かすかな驚きを浮かべた。その人物は軍人騎士をかき分けるようにして彼らの前までやってくると、満足げに頷く。

「王家反逆犯の確保、ご苦労である」

「……まさか王弟殿下御自身が、たかがいち犯罪者の検挙に出向かれようとは」

よく鍛えられた体軀に整えられた顎髭が顔を飾る。それは誰あろう、現オグデン国王の弟である『ターク・オグデン』その人であった。

「それだけ重大な罪を犯した者ということだよ、こやつは。神聖重大なる継承選争に破壊をもたらした。過去の功績にかかわらず、これは許されざる行いである」

メンチを切り返すワットをさっさと無視すると、タークはぎろりとキャロームを睨みつける。

「そういえば騎士アエストル。君はかつてそれの仲間だったはずだ。まさか庇う気などあるまいね？」

「ご冗談を。確かに知人として遇しておりましたが、罪を犯したとなれば話は別。近衛騎士の末席に着くものとして、犯罪者の検挙に協力するのは当然です」

そうしてキャロームがワットの背を強引に押し出した。あれ？　けっこうマジに力入れて押し出されたんですけど。特に演技の必要もなく険しい表情を浮かべながらワットが振り向く。

「おおいてぇな、キャロ。そりゃあないぜ！　久しぶりに会った友人に臭い飯を食わせるつもりかい？」

「私は犯罪者に堕すような愚かな友を持ったつもりはない。残念だが、時の流れがお前を変えてしまったようね」

「本当だぜ。そっちはずいぶん薄情になったようだなぁ！」

ワットはふてくされたように進み出ると、わざわざ背をかがめて睨み上げるように相手の顔を覗き込んだ。

「どうも！　わざわざお出迎えご苦労様でーっす。まさか王弟殿下と御対面できるとは、恐悦至極ってやつですかねぇ？」

「ふざけた男だよ。貴様のような人間にしてやられたかと思うと、怒りで眩暈を起こしそうだ」

「おいおい逆だろォ？　フロントエッジシティをめちゃくちゃにしてくれやがって。あんときの礼が足りてねぇんだけどよォ、よくもノコノコ俺の前に顔を出せたもんだ」

「やれやれ、勘違いしてもらっては困るな。私は君という反逆者を捕らえに来たのだよ。よし、連れていけ」

タークが乗ってきたのとは別の、特別に頑丈な護送用の機馬車が進み出てくる。兵士たちに両腕を摑まれたワットは引きずられるように護送車へと押し込まれていった。そうして彼を収容したことを確認し、タークは満足げに引き上げてゆく。後には険しい表情のキャロームだけが残されていた。

◆

ワットが連れ去られる一部始終をカーテンの陰から覗きながら、メディエが窓枠を軋むほどに摑んだ。

「まずい、まずいよ。でも今なら足でかき回せば、きっと師匠を逃がして……！」

「おやめなさい、お嬢さん。そんなことをしてはワットがわざわざ一人で行った甲斐(かい)がなくなるでしょう」

家の中に戻ってきたキャロームを、メディエがキッと睨みつける。

「あんた友達じゃなかったの⁉　あっさりと師匠を差し出して！」

「違います、落ち着いてくださいメディエさん！　お父様が出ていったのは多分、私たちのためだから……」

メディエがはっとして振り返る。アンナがゆっくりと首を横に振るのを見て、徐々に落ち着きを取り戻していった。

「ここは近衛騎士であるキャローム様の自宅。お父様を捕まえるという理由がなければ踏み込まれることはありません。だから私たち……いいえ、私が見つかる前に自ら出ていった。そうですね？」

はたしてキャロームは首肯する。

「まったく損の好きな性分なのです、あれは。なまじ己が強いものだから他人をかばって簡単に危地へと飛び込んでしまう」

「ですがキャローム様は心配なさらないのですね」

「そんなもの、若かりし頃に捨ててしまいましたわ。どれだけ心配したって次の日にはけろりとした顔で解決して帰ってくるのですから、するだけ無駄というものでしょう」

「でも師匠がいくら強くたって軍隊に囲まれてちゃ！」

「普通はそう考えるでしょうね、でも逆よ。あの軍隊はタークが公ワットを恐れている証拠。元王国筆頭騎士の肩書きは伊達ではない、彼を武力だけで押さえつけるのはまず無理ですもの。だからこそ指名手配という大義名分が絶対に必要だった」

キャロームの微苦笑からは積み上げられた過去の信頼が見て取れた。だからアンナも信頼することに決めた。ワットはワットの戦い方で敵の懐に飛び込んだということ。ならば己だけが安穏としているわけにはいかない。

彼女はしっかりと顔を上げ、キャロームを正面から見据える。

「どうか教えてくださいませ、キャローム様。これから私たちにできる、戦い方を」

「……！」

キャロームは漏れ出しそうになるため息を、すんでのところで飲み込んだ。

（瞳に宿る意志の強さ、ワットへのゆるぎない信頼。まるで昔のカリナに瓜二つ……やっぱり母娘なのね）

あまりにもまっすぐな視線に、強烈な既視感を覚える。かつて無二の親友であり、同時に最強最大の恋敵だった女性のものではないか。そして見え隠れする頑固さからは、ワットの影響を確かに感じとれる。まったくもって二人の子供らしい。

（そういえば、あの時もこんな瞳に見つめられたわね）

レザマによって陥れられ、王都から去ろうとするワットを見送ったあの時。彼と共に近衛騎士団を去ろうとまで思いつめたキャロームを引き留めたのは、当のワットの言葉だった。

『すまねぇ。カリナを……俺の一番大事なものを守ってやってくれ。友として頼む』

彼は己の最も大事なものを守るために全てを投げ出して、ただ最後の後悔を託していった。

（本当、私の人生であんなにズルい言葉は聞いたことがなかった）

あの日から彼女は近衛騎士団を己の生涯をかけるべき場所と定めた――だからこそ。

（カリナを、アンナ様を私が守る。だからワット、あなたもしっかりと暴れてきなさい）

なにせあの時の約束はまだ有効なのだから。決意と共にキャロームは自然に姿勢を正した。アンナに目線を合わせて口を開く。

「戦い方など簡単なこと。アンナ様は最初から、この状況の鍵を持っておられます」

「鍵……？」

「お忘れでしょうか。一連の状況は全て『継承戦争』にまつわるもの。末席とはいえ王位継承権を有し、しかも現第一王子の義娘たる貴女様をこの状況の鍵と言わずしてなんと言いましょう」

「本当に私に、そのような価値があるのでしょうか……」

キャロームが力強く頷くのを見て、アンナも覚悟を決めた。その隣では未だ不満げなままのメディエが腕を組んでいる。

「そりゃアンナはすごいかもしれないけど、実際に師匠は捕まっちゃったんだよ。助けに行かないつもり？」

「そもそも近衛騎士団は陛下の御身を守ることこそがその役目よ。それ以外の事件を担当することはないし、どこかの勢力に肩入れすることも許されていないわ」

「じゃあ、近衛だから師匠を見捨てるってわけ⁉　あなたは後のことを託されたんでしょ‼」

「安心しなさい。そんなわけがないでしょう」

興奮のあまりぱくぱくと口を動かすメディエをさっとかわし、キャロームは立ち上がる。

「継承選争ならば話は別よ。次代の国王を決めるための行いは、陛下とこの国に深く関わることですもの。よって！　アンナ姫の告発に従い、このキャローム・アエストル、近衛騎士団の一員として此度（こたび）の継承選争へと介入の必要ありと判断いたしました。これより微力ながら姫様にお力添えいたしましょう」

「ええ～！　それってなんだかズルっていうか、私情入ってない？」

「そこは解釈の違いというやつね」

彼女はくすくすと笑いながら身を翻し、扉を開くとアンナへと手を差し出す。

「それでは参りましょうか、姫様。ご安心ください、私の近衛騎士団が、かかるつまらない企みなど、すぐに打ち砕いてご覧に入れますよ」

アンナにはその時、キャロームの浮かべた笑みがまるでワットのそれのように見えたのだった。

◆

護送用機馬車の旅はお世辞にも快適とは言い難（がた）かった。そもそも設計が頑丈さに全振りしていてろくなクッションもない。寒いし固いし暗いし、ワットなど既に刑罰が始まっているのかと思った

くらいだ。

「どうせなら王弟殿下の乗ってる方にご一緒したかったぜ。あっちのが快適そうじゃね？」

「やかましいぞ王家反逆犯が。その場で切り捨てられなかっただけ感謝しろ」

「おお怖い怖い」

「着いたぞ。おい、降りろ」

「はいはい。そんな乱暴にしなくとも降りますよっと」

機馬車から降ろされたワットは兵士に小突かれながら歩き出す。眼前の建物には見覚えがあった。

「こいつは懐かしぃ！　まさか自分が『ギィーレ監獄』の世話になろうとはねぇ。近衛騎士やってた時にゃ考えもしなかったぜ」

ギィーレ監獄はワットも現役時代に何度も利用したことがある。主な使用法は逮捕者を放り込むためだったが。近衛騎士の最先鋒であったワットは倒した者の数も抜きんでて多く、いきおい馴染みも深くなる。

「そういや俺が捕まえた奴らってまだ元気してんのかね？　つうかやべぇな。これ、お礼されちゃう感じじゃない？」

「うるさいぞ！　静かにしろ」

ぺちゃくちゃとしゃべり続けるワットにいい加減うんざりとした兵士に怒鳴られる。彼は両手を挙げて反省を示し、今度は鼻歌を流しながら歩き出した。王国最大といわれるギィーレ監獄に収監されるというのに、まるでこれからの昼飯を食べに行くような気軽さだ。兵士たちはその図太すぎる神経にだけは素直に感心してしまいそうだった。

そのまま通常の牢屋街を通り越して監獄の最奥部まで連れて行かれる。最も危険な犯罪者を収監するための特別な場所であり、場合によっては犯罪者をすぐさま処分するための仕掛けがあちこちにあることをワットは知悉していた。

「なるほどねぇ。ここ、調べられる側の椅子ってずいぶんケチってたんだな」

ワットは安い椅子を軋ませながら場違いなほどふんぞり返っていた。取り調べ側に座った王弟ターク・オグデンは呆れを隠しもせずに言う。

「ギィーレ監獄に収容されながらその余裕。聞きしに勝る頭のおかしさだな。まったく指名手配を懸けた甲斐があったというものだよ」

「前職柄、ここは馴染みが深くてね。そういや手配のお礼もしなきゃならなかったな」

フロントエッジシティへの襲撃に、無実の指名手配に、列脚車の旅を台無しにしたことに。ずいぶんと返すべきお礼が貯まっているのではないか。ワットの目つきがさらに凶悪さを増した。

「くく。その計らいもあって、こうして落ち着いて話すことができているだろう?」

「これのどこが落ち着いているんだか。たかだか話す程度のことにこんな大仰な場所は必要ないでしょうや」

「私は慎重派でね。邪魔が入るのが何より嫌いなんだ」

「はん。むしろ口を封じるのにちょうどいい場所の間違いじゃや?」

「そんな物騒なことをするつもりはないとも」

タークはにやりと笑みを浮かべる。無駄に真っ白な歯が垣間見えて、ワットはうんざりと顔をひきつらせた。

「単刀直入に言おうか。取引と行こうではないか」

「へぇ。そいつはまた、何をお求めで」

「私につけ、ワット・シアーズ。そうすればすぐさま手配を取り下げよう。それだけではない、王国軍にそれなりのポストも用意しようじゃないか。さすがに近衛騎士とまではいかないが近い権力はあるぞ。それに貴様の実力があれば、再び王国筆頭騎士に返り咲くことも不可能ではないはずだ」

予想外の言葉を耳に、ワットが訝し気な表情を浮かべる。

「そいつはまたずいぶん豪勢なお誘いだ。いったい何が目的で？」

「貴様のことはよく知っている。歴史上最年少で近衛騎士団団長の地位に上り詰め、竜殺しを成して王国筆頭騎士の位までも得た元天才騎士。その刃は天をも斬り裂く、曰く『天斬』のワット。だが十七年前に突如として失踪した……」

「……これはまた昔の話をご丁寧にほじくり返してくれるもんだ」

「辺境ではなかなか手痛い目にあったよ、だがあの戦いぶりを見て確信した。貴様の腕前は未だ錆びついていないとな」

「…………」

「そしてここからが肝心だ。貴様はレザマ・オグデンに恨みがあるだろう。奴に嵌められて辺境まで追い立てられたのだから当然だ。そして私も奴とは敵対関係にある……つまり我々は同士といえるのだよ」

「つまりあんたはこうおっしゃるわけだ。あんたの手駒として、あいつの首級(くび)を取ってこいと」

タークは我が意を得たりとばかりに笑みを深くした。だから、ワットも力いっぱいにこやかな表情を浮かべて。

「断る」

一刀両断した。

タークの表情が笑みのままひきつってゆく。

「……正気か？　いったいどこに不満がある。失った地位を取り戻し、復讐(ふくしゅう)も果たせるのだぞ！」

「どこも何もツッコミどころだらけだよ。中でも特に気に入らねぇのはあんたが俺の娘を狙い、傷つけたことだ。それだけで敵と認めるに十分なんだよ」

タークは理解に苦しむとばかりにこめかみを押さえて首を振る。

「はぁ、まったく貴様は賢明さに欠けているようだ。かつて天才ともてはやされた人間も、時が経てばただの愚者か」

ワットにそれ以上説明してやるつもりはない。地位や利害だけで他人を判断する人間に、彼の心の裡(うち)など理解できないだろうから。案の定、彼を見るタークの視線が険しくなっていた。

「致し方ないな。愚か者と言葉を交わし続けるほど、私も暇ではない。交渉はここまでだ。貴様はこのまま、王家反逆罪で処刑する」

「のんびり牢屋暮らしも許さないってか？　そりゃまたえっげついこと言うねぇ。先に殴りかかってきたのはあんたじゃねぇか」

「恨み言は己の愚かさに向けるのだな」

それだけ言い残してタークは去っていった。ワットは兵士たちに連れられて独居房へと放り込まれる。

（いやー、売り言葉に買い言葉でついやっちまったぜ。しっかしレザマといいあいつといい、本当に王族ってのはロクな奴がいねぇな。どいつもこいつも邪魔ものを排除することに躊躇いがなさすぎる。国王候補にこんなのしかいねぇとは、この国の行く末が心配になってくんぜ）

そもそも継承選争とは漫然とした世襲によって国王の質が下がることを懸念した過去の王によって定められた制度であった。しかしそれも繰り返されるうちに形骸化し、勝ちさえすれば何をしてもいいという暴論が幅を利かせる始末である。

（気に入らねぇな。どうにも近衛の時の癖が抜けきらねぇぜ。ま、そっちはおいおい考えるとして……まずはとんずらの方法でも考えるかね）

脱出するにしてもギィーレ監獄というのが問題だ。ここは王国で最も警備の厳重な監獄。手許に鉄獣機すらない、生身での脱出は困難を極める。

（やべぇなぁ。すぐにでも処刑されそうな勢いだったしな）

あれこれ考えた末、まずは第一歩として寝ることにした。別に眠気に負けたわけではない、来るべき時に備えて英気を養っているのだ。そうして薄っぺらい毛布が一枚きりの固いベッドで横になると、ワットはすぐに鼾をかいて眠り始めたのである。
だがしかし。彼の予想を裏切って、脱出の機会はほどなくやってきた――。

第十二話　近衛騎士団、抜剣

魔物も寝入る真夜中、淡い月明かりの下を進む巨大な影がある。それらの行く先にある要塞じみた建物、それはオグデン王国最大の監獄であるギィーレ監獄であった。

囚人たちが寝静まる中、突然の衝撃がギィーレ監獄を揺るがす。鼾をかいて爆睡していたワットは振動を感じた瞬間にすぐさま飛び起き、身に沁みついた習慣のまま耳を地面につけ周囲の様子を探った。

「ふああ、ゆっくり寝かしてもくれないのかい。さて、この揺れの感じからする何か重いものが激しく動き回ってるな。おおかた誰か鉄獣機でカチコミかけて来やがったんだろうが」

とてつもなく嫌な予感がする。ギィーレ監獄といえばオグデン王国でも指折りの厳重な警備で知られている、そんなところを襲おうという輩がまともなわけがない。さらに気にかかるのは自分が捕まった直後というこのタイミング。そこから導き出される答えはひとつしかない。

「さあて困った。なるべく急いで動きたいところだが」

彼が捕らわれているのはギィーレ監獄で最も厳重と言われる独居房。徒手空拳での脱出などさすがにできるものではない。あれこれと脱出の方法を思案していると、そんなことは無駄とばかりに轟音と共に目の前の壁が吹き飛んだ。

ぽっかりと開いた穴の向こう、白々とした月明りとともに覗き込んでくる巨大な頭。ひどく見覚えのある相棒の貌が、彼をじっと見据えていた。

「おいおい、どうして俺のロードグリフォンがこんなところに……！　ってこたやっぱアンナとメディエだなあのバカ娘どもぉ‼」

ロードグリフォンは王都まで運んできた後、ソコム商会に預けっぱなしだったはずなのだ。持ち出せるとすれば順当に考えてあの二人をおいて他にいまい。

「キャロ、止められなかったのかよ。こうならないようにお前に預けたってのによ」

ワットが一人で捕まったのには娘たちを隠す意味合いもあったが、残してゆくにしてもキャロームという保護者がいれば無茶はしないだろうという目論見もあったのだ。にもかかわらず捕まったその日のうちにこの有様である。

彼が頭を抱えている間にもロードグリフォンはその膂力にものを言わせて壁を破壊していった。ついに上半身ごと乗り込んできたロードグリフォンの胸部装甲が開き、予想通りの少女たちが姿を現す。

「やっほー師匠、無事かな！」

「助けに来ました、お父様！」

「ほんっとーにこのお転婆どもなぁ……」

娘たちがあんまり嬉しそうに言うものだからワットもついつい毒気を抜かれてしまう。ぶつけるつもりだった説教は矛先を失って宙をさまよい、ため息となって漏れ出でた。

しかし彼らには再会を喜ぶ余裕などない。ギィーレ監獄中に警報が鳴り響き、そこかしこから鉄獣機・ディフェンドバイソンが現れてきたのである。

「やっべ。そりゃ来るよな」

ここは王国最大の監獄であり保有している戦力も大規模である。そして当然のようにみすみす脱獄を見逃すようなことはない。

「貴様！　王家反逆罪のみならず監獄を破壊しての脱獄！　もはや情けなど無用である、この場で即時処分とする！」

「でっすよねー。おいメディエ、お前じゃグリフォンを扱うのは無理だ。早く操縦代わってくれ」

ロードグリフォンの操縦席へと飛び上がろうとするワットを、アンナの落ち着いた声が制止した。

「大丈夫ですお父様。もちろんここに来たのは私たちだけではありません、心強い味方を連れて参りましたから」

「味方だぁ？　おいそれってまさか……」

そうしてしゃべっている間にも、動きを止めたロードグリフォンを確保しようとディフェンドバイソンが押し寄せ。そこへ突如として一騎の鉄獣機が飛び込んできた。

「脱獄犯の仲間か！　問答無用、邪魔立てするならば排除するのみ！」

突然の乱入者にも動揺を見せず、デフェンドバイソンは勢いを緩めず突撃した。対する新手の鉄獣機は手に持つ大剣を無造作に構える。そのまま踊るように踏み出すとともに勢いを乗せて振るい、受けようとしたデフェンドバイソンを盾ごと真っ二つに分かった。乱入者の勢いは止まらない。さらに回転を重ね斬撃の竜巻と化してディフェンドバイソンを次々に切り倒してゆく。瞬く間に部隊のひとつが鉄くずと化していた。

ようやく動きを止め、破壊の中心に立つ鉄獣機。月明りの下その姿を確かめたワットが息をのむ。

「おいおい、なんてことだよ。もう一機ロードグリフォンがいるだって⁉ ……いや、俺のグリフォンとはちぃっとばかし形が違う。そうかこいつ、ロードグリフォンの改良機だな！」

それはロードグリフォンの流れを汲み、より洗練された形状をしている。さらには全体的にボリュームアップしておりパワーの向上も見て取れた。

「この国でグリフォンを運用する軍なんてひとつっきりだ。『近衛騎士団』が動いたってことかよ！」

ワットの言葉が聞こえたのかどうか、新たなロードグリフォンが振り返る。それは現用近衛騎士団専用機『ロードグリフォン改』。ワットの見立て通り、この十数年の間にさらなる強化が施された最新型である。

そうしてワットにはさらに気になるところがあった。

「それにしてもあの太刀筋、見覚えがあるぜ。あんな容赦のない剣を振るう奴は知る限り一人だ。なぁ、キャロ？　これが現役の近衛騎士サマの実力ってわけか！　あいつ、本気でこの十年腕を磨いてきたんだな」

魔力技すら発動せず、ただ剣技のみにて敵を蹴散らす姿は王国最強の名にし負うもの。

我知らずワットは拳を握り締めていた。十七年前、キャロームの腕前はこれほどではなかった。

今この時まで現役の近衛騎士としてたゆまぬ研鑽を積んできたのだろう。あるいはフロントエッジシティで荷運びをやっていたワットよりも腕を上げているかもしれない。それが我がことのように喜ばしい。

　ロードグリフォン改の頭部がワットを見据えた。

「まだ処刑されていなかったようね。何よりよ」

「助けに来てくれたのはありがたいんだが。俺みたいに辞めた人間はともかく、現役の近衛騎士様が勝手に暴れてもいいのかよ」

「勘違いしないで、問題の中心は継承選争（レガリスベルム）よ。ならば正しく私たち近衛騎士団の領分。よって重要な証人であるあなたを確保しに来ただけだから」

　話している間にもさらなる増援が彼らを取り囲む。キャローム機が臆するでもなくゆらりと大剣を掲げた。

「我らの任務（みち）を妨げるものあらば、これを打ち倒せ。近衛騎士団、出撃！」

　直後、上空から次々に鉄獣機が降りてくる。その数五機、その全てがロードグリフォン改で成る。

「騎士団長より命が下った！　近衛騎士団、抜剣せよ！」

　そうして猛然と戦い出す近衛騎士団の後ろ姿を見送りながら、ワットは彼らの会話の中から聞き捨てならない言葉を拾い上げていた。

「……あん？　騎士団長だってぇ？　えっおいキャロ。今はお前が騎士団長やってんの⁉」

「ええそうよ。言っていなかったかしら」

「一言も聞いてねぇよ！　そりゃ強くもなるってもんだ」

確かに十七年前のあの日、ワットはキャロームへと後のことを託した。しかしまさかそのまんま後を継いでいるとまでは思いもしなかったのだ。やはりキャロームは妙なところで生真面目がすぎる、彼は呆れを隠しきれないでいた。

その間にも監獄はいつの間にか静かになっていた。多数のロードグリフォン改による戦力は圧倒的の一言に尽きる。さほどの時も必要とせず監獄の部隊は無力化されていた。

周囲を制圧した近衛騎士団がキャロームのもとに集まり。そこで彼らはワットを抱えた旧ロードグリフォンの存在に気づいた。

「あっれー？　なんだか懐かしい感じのロードグリフォンがある！」

「本当だ。そんな旧型、どこの倉庫から引っ張り出してきたんですか。つうか誰が乗ってるの？」

聞き馴染みのない声である。なるほど、ワットが去って十七年も経てば近衛騎士団も知らないメンバーが大半を占めているのだろう。

「驚いた……。こいつはまたずいぶんと懐かしい顔を見たな」

そんな中、聞き覚えのある声を耳にしてワットが顔を跳ね上げる。長大なハルバードを装備したロードグリフォン改。そういった装備を好む人物に、ワットは心当たりがあった。

「よう、ワット・シアーズ。相変わらずヤバい事件にばかり首を突っ込んでるようで何よりだ」

「その声はソーレのとっつぁんか！　お前まで現役かよ、もうとっくに引退してると思ってたぜ！」

「キャロのお嬢が頑張ってる間はおちおち引退なんてしていられんさ。それにまさかまたお前と轡を並べる時が来るとはな。現役も続けてみるもんだよ」

『ソーレ・ガシア』はワットの先輩格に当たる人物である。実力においてはワットたちにやや引けを取るものの、確かな戦術眼を持つ有力な補佐役として騎士団になくてはならない人物だった。騎士団長となったキャロームを彼が支えているとすれば安心である。

そうして彼らのやり取りを横で聞いていた近衛騎士団が、にわかにざわめいたのである。

「ええ⁉　ワットって……団長の妄想彼氏じゃなかったんですか⁉」

「は？」

「『さすがにそれは話盛りすぎ』のワットさん⁉　実在したんだ……」

「『いつもちょうどいいところで助けに来る』ワットさん！　あれってマジなんですかね！」

「おい待て。ちょっと待てキャロ。お前いったい何してたんだよ⁉」

「ち、ちが……ッ！　私はちょ、ちょっと団員を鍛えてただけよ！　その……ワットくらい強くなれ、とは言ったかもしれないけれども！」

「ぜってぇ他にも余計なこと山ほど言ってるだろこの感じィ！」

ワットが頭を抱えていると横から笑い声が聞こえてくる。ソーレのロードグリフォン改を恨めしげに見上げた。

「笑ってないでお前からも何か言ってやってくれよ、ソーレのとっつぁん」

「くっくっくっ。うむ、別に話を盛りすぎたことはないぞ。王国筆頭騎士まで上り詰めながらあっさりとその名声を捨て去り、かと思えば退職金代わりにロードグリフォンを持ち去る野郎なんてのは、後にも先にもお前しかいないからな」

「あん時はのっぴきならねー事情があったんだよ。あとグリフォンはアレだ。どっちかというと護身用に必要だっただけだ」

気を取り直してワットがよいしょっと立ち上がる。

「その辺あとできっちり話してもらうからな！　さぁてと、先に面倒くさい話から片付けてくるとすっか。……おっ、噂をすれば」

ちょうどその時、監獄から転げるように飛び出してくる人影があった。王弟ターク・オグデンその人である。彼は壊滅といってよい惨状を前にわななと拳を震わせ、口角泡を飛ばして叫んだ。

「貴様ら……近衛騎士団ッ！　これはなんということか！　重大施設たるギィーレ監獄の戦力を壊滅させるなどと、このような狼藉許されると思うてか‼」

キャロームの乗るロードグリフォン改がわざわざその場に屈みターク・オグデンを睨みつける。

「そこは優先順位の問題ですわ、ターク公。我々は徒にギィーレ監獄の戦力を破壊したわけではありません。継承選争の規律に反する王家反逆級の罪人を追っていたところ、途中で少々不本意な衝突があっただけなのです」

「何を言っているッ！　罪人であればワット・シアーズを既に捕らえている！　貴様らのやっていることはただの破壊行為であろう！」

キャロームは落ち着いて奥にある旧型のロードグリフォンを指し示した。その操縦席からはアンナが顔を覗かせている。

「勘違いなされては困りますわ。我々が追っているのはターク公、あなたです。ここにおられるアンナ・オグデン姫様の証言に基づき、あなたを継承選争における武力行使の禁止に抵触したとして拘束いたします」

「……いったいなんの話かね」

タークとしても完全に予想外というわけではなかったのだろう。わずかに言葉に詰まったものの、表面上毅然とした態度で返していた。しかしその程度で近衛騎士団による追及を逃れることはできない。

「焦りすぎましたね。アンナ様を狙った襲撃、その証拠を消すためにワットを早々に処分したかったのでしょうけれどおあいにく様。彼は最重要の証人として我々で確保させていただきますわ」

「わー団長がいつになく怒ってる」

「これってやっぱワット氏が絡んだせいなんですかねー?」

「急所じゃん……」

密かに近衛騎士たちのほうがドン引きしていたが余談である。

「たかが騎士ごときが、ずいぶんと吼える」

「その騎士ごときは、時に王家に対する制止手段たることをお忘れか。抵抗はご無用、これ以上の醜態を晒す前におとなしくなされよ!」

「断る。貴様らごときに我が大望、邪魔されてなるものか!」

言うなりタークは身を翻し、半壊したギィーレ監獄へと戻ってゆく。

「そんなところに逃げ込んでも袋の鼠ではー」

「でも監獄に籠城されたら面倒じゃないですか？」

「グリフォンがあればぶっ壊していけるだろ」

「いちおう国の施設なんで。不必要な破壊はちょっとねぇ」

などとあれこれ話していると、足元から不自然な振動が伝わってくる。近衛騎士たちがすぐさま迎撃の姿勢をとると、突如としてギィーレ監獄の一角が崩れ出した。もうもうと吹き上がる土煙をかき分けるように、地下から巨大な物体がせり上がってくる。

「なるほど……ターク公、これがあなたの切り札というわけね」

大地を割りながら姿を現したのは巨大な人型――人の手により生み出されし巨大人型魔道具、鉄獣機。しかしその巨大さたるや尋常ではない。全高はおよそ三十メートルにも達し、標準的な機体の倍を優に上回っていた。

「やっべぇもんを隠し持ってやがんな。ありゃあ『聖獣級』……いや、下手すりゃ『神獣級』にすら手が届くぞ」

鉄獣機は元となった魔物の強さや付加された能力によって格付けがなされる。中でも伝説にも語られる竜種などの強力な魔物をベースとした最上位の機種、それこそが『神獣級』である。

現れた神獣級は人型魔道具というにはあまりにも異様な姿をしていた。全高のわりに極端な痩軀をしており、さらに肩から伸びる腕は三対六本、首の上には三つの頭部、足は趾行性の獣脚になっている。さらにその全身から揺らめくように炎を放ち続けており、周囲に転がる監獄の残骸を焙り続けていた。

「なんだよ、この化け物……」

周囲が戦慄をもって見上げる中、ソーレなどはむしろ呆れていた。

「さすがは王族、と言いたいところだがね。神獣級の建造は小国ならば傾きかねないほどに金を喰う。そんなものを人知れず持ってるということは、これは国庫の着服から調べたほうが良さそうではないかね？」

その時、巨大な鉄獣機から得意げに跳ねるタークの声が聞こえてきた。

「このような段階で持ち出すつもりはなかったのだがね。勝手に人の腹を探る君たちがいけないのだよ。しかしこれまでの王国への献身に敬意を表して、この『ガストケルベロス』の試し斬りの的としてくれよう。喜ぶがいい！」

「謹んで辞退するぜ、王弟殿下」

「残念ですね。仮にも継承選争に名乗りを上げた者がそのような体たらくとは」

ワットとキャロームが冷ややかに返せば、ガストケルベロスの巨体が一歩を踏み出す。それだけで大重量のあまり大地が砕け、ついでのようにギィーレ監獄も破壊されてゆく。牢屋が崩れこれ幸いと囚人たちが逃げ出すも、ガストケルベロスのまとう炎に巻き込まれて焼き尽くされていた。タークはもはや周囲の一切に頓着していない。

「愚か者に与えておくには過ぎた玩具ね。近衛騎士団よ、王国に仇為す不埒者を打ち倒せ。かかれ！」

「承知！」

ロードグリフォン改が駆け出してゆくのを見てワットはキャローム機を振り仰ぐ。

「よし、俺も加勢するぜ」

「あなたは重要な証人なのだから動かないでちょうだい。それにアンナ様の護衛に誰か必要でしょう」

ロードグリフォンの操縦席には未だアンナとメディエが座っている。確かに彼女たちを放り出して戦うわけにもいかない。ワットは不承不承その場に留まった。

その間にもロードグリフォン改は超巨大鉄獣機ガストケルベロスを取り囲み、それぞれの得物で飛びかかっていった。対するガストケルベロスは三対六本の腕を持ち上げ掌を周囲へと向ける。

「近衛騎士団なにするものぞ！　神獣の力を思い知るがいい！　魔力技『ヘルフレイム』！」

生み出された魔力がガストケルベロスの全身を駆け巡り、掌から炎の奔流となって放たれる。三対六本の腕から放たれる炎は周囲の全てを無差別に焼き尽くしていった。渦巻く炎の嵐を前に、さしものロードグリフォン改もたたらを踏む。

「なんて魔力出力だよ。これが神獣級の性能ってやつか！」

「だがこっちから近づけないだけなら、大した脅威じゃあないぞ」

近衛騎士たちが様子を窺っていると、炎の向こうで神獣の巨体が震えた。

「くくく。我がガストケルベロスの力を見くびってもらっては困るな。お次はこれだ、魔力技『ブレイズダート』！」

ガストケルベロスの三つの頭、その瞳が怪しく輝いたかと思えば燃え盛る炎の矢が放たれる。高速で飛翔（ひしょう）した炎の矢がロードグリフォン改を次々に穿（うが）っていった。足を射貫かれた機体がバランスを崩し倒れ伏す。

「馬鹿な、魔力技は一機に一種類だけのはずだろう⁉」

「そんなものは凡百どもの決まりにすぎん。神獣級の前では無意味よ！」

神獣級がそれ足りうる最大の理由。それこそが複数の魔力技を備えていることである。むしろそれだけの力を実現するためにこそ機体は巨大化し、異形と化したともいえるのだ。

「まったく、最初からこうすればよかったのだな。私に逆らう愚か者など、すべて焼き尽くしてしまえばいい！」

足をやられ動きの鈍ったロードグリフォン改へとヘルフレイムが迫る。そうしてあわや炎に飲み込まれると思われた瞬間、迫りくる炎の壁が真っ二つに断ち切られていた。

「損傷したものは下がっていなさい。これには私が直接当たります」

「団長……！」

剣圧だけで炎を消し飛ばしたキャロームの駆る騎士団長機が、振りぬいた大剣を構えなおす。

「ったく小物に下手な力を持たせると、これだから質が悪い」

ワットはため息をひとつ漏らすと、ロードグリフォンの操縦席を覗き込んだ。

「そろそろ代わってくれ。あの勘違い野郎に本物の鉄機手（スティールライダー）とは何かってもんを教えてやらにゃあならねぇ」

「師匠。あんなのぶっ潰しちゃえばいいじゃん」

「そう単純でもないさ。奴は確かに間違ったが、罰は王国法に従って与えられるべきだ。そうだろう？　アンナ」

「……はい。どうか、大叔父様に正しい裁きを」

「任せときな。こういうのこそ近衛騎士の役目だからな」

「ふふ。キャローム様も同じようなことを言っておられましたわ」

「そりゃま、元同僚だしな」

二人と入れ替わりにワットが操縦席に滑り込む。

「ワット、姫様たちの守りは任せろ」

「助かったぜ、ソーレのとっつぁん。うちの娘たちを頼む」

アンナたちを託すと手早く機体のチェックを済ます。特に損傷はない、これなら思う存分振り回せるだろう。

「待たせたな相棒、出番が来たぜ。捕り物とはお前も懐かしいだろう」

ロードグリフォンも心なしか嬉しそうに蒸気を噴き出し、それからキャロームのロードグリフォン改の隣に並んだ。

「面白そうなことしてんな。俺も交ぜてくれよ」

「無理はしなくていいわよ。十年以上のブランクがあるのでしょう」

「気づかい痛み入るぜ。だがな、あいにくアイツから喧嘩を買ったのは俺が先なんだ。横取りとは感心しないぜ？」

「仕方がないわね。それじゃあ手伝ってあげるわ。昔のようにね」

過去と現在、二人の最強騎士が並ぶ。

第十三話　降臨、其は神なる獣

並び立つ新旧二機のロードグリフォン。ガストケルベロスが三つの首を巡らし彼らを睥睨する。

「くくくっ。王国筆頭騎士といい近衛騎士団といい過大評価であったな。このガストケルベロスがあれば恐るるに足りん！」

「そうかい。じゃあ確かめてみればいい、本物の力ってやつを」

キャロームがすっと大剣を構え、ワットは双剣を抜き放った。

「望み通り骨まで焼き尽くしてくれよう。『ヘルフレイム』！」

獄炎の神獣が再び炎の奔流を撃ち放つ。迫りくる炎の壁を大きく飛んでかわし、ワットとキャロームが左右に分かれた。

「ちょこまかと。ならば射止めてやろう。『ブレイズダート』！」

三つの頭部から次々に炎の矢が放たれる。高速で飛翔する矢はしかし、ワットの双剣によってあっさりと打ち払われていた。

「一度見せた攻撃がそう何度も通じるものかよ」

「なんだと⁉」

いかに高速と言えど捉えきれないほどではない。彼にしてみれば広範囲を焼き尽くす炎よりはずっと対処しやすいといえる。しかしそう言えるのはその技量があってこそ、飛んでくる魔力技を正確に撃ち落とすなど常人には不可能な芸当である。

タークが動揺のあまり動きを止めた隙にワットとキャロームが一気に懐まで飛び込む。月明りを反射する刃の輝きを目にした瞬間、タークが正気に返った。

「ま、まだだ！　魔力技『ラーヴァローブ』！」

ガストケルベロスの胸部にある魔物の頭蓋骨が唸り、表面を覆う薄い炎の膜がにわかに明るさを増す。構わず斬りかかるワット機だったが膜を越えた瞬間、機体が激しい炎に焙られた。慌てて後退したことで深手を負うことなく逃れる。

「うおぁ。全方位を包む炎とか、どれだけ贅沢な魔力技だって話だよ」

「ちょっと厄介ね、あの魔力技。こちらは遠距離攻撃持ちを連れていないわ」

ロードグリフォンにせよ改にせよ、基本は武器を用いた格闘戦を主体とした機体である。触れるだけで発動するラーヴァローブは正しく格闘殺しの力と言えよう。正攻法で考えるならばこちらも遠距離攻撃で戦うべきであるが。

攻撃を防いだことで余裕を取り戻したタークがにやりと笑う。

「貴様らではガストケルベロスの守りを貫くことなど不可能！　ならば今度はこちらからゆくぞ。受けてみよ、『多重詠唱』！」

大量の魔力が流れ、ガストケルベロスの全身が輝きを放った。三対六本の腕からヘルフレイムが迸り、三つの首からは間断なくブレイズダートが放たれる。辺り一面を炎で焼き尽くしながら、さらにそれを貫いて炎の矢が飛来する。圧倒的な破壊力を前に、ワットとキャロームすら後退を余儀なくされていた。

これこそが神獣級(ディバイナー)の真骨頂。複数の魔力技を備えるだけでなく、それらを同時に使用できるだけの魔力出力を有しているのだ。こと破壊力においては他の追随を許すものではない。

「乗り手に似て性格悪い攻撃してきやがるぜ！」

「余計な口を叩(たた)いている暇があるなら突破する方法を考えてほしいのだけど?」

「突破するだけなら簡単だろ。突っ込めばいい」

「……はぁ、あなたに聞いた私がバカだったわ。タイミングは任せるから」

彼らが話している間にもヘルフレイムが荒れ狂いブレイズダートがひっきりなしに飛んでくる。仮にそれらを乗り越えたとしてもまだラーヴァローブの守りが残っている。

「ハハハ！　フハハハハ！　全て燃えてしまえぇ！」

「ずいぶん酔ってやがるな。そろそろ正気に返る時だぜ。いくぞキャロ！」

「その呼び方はやめなさいって言ってるでしょう！」

文句を言いながらも息の合った動きで突っ込んでゆく。キャロームが大剣を振るう。その圧倒的な剣圧が迫りくるヘルフレイムを斬り裂き道を作り出した。狙いすましたように飛んでくるブレイズダートをワットが双剣で斬り払う。さらに踏み込めばガストケルベロスは目前。しかしその躯体(くたい)はラーヴァローブによって覆われている。

「無駄なあがきだなぁ！　近衛騎士ィ！」

「これを見ても同じことが言えるかしら？」

キャロームのロードグリフォン改が膝を撓める。次の瞬間、大剣を両手で構え裂帛の気合と共に突き出した。ラーヴァローブが大剣を灼くが、ロードグリフォン改本体へのダメージは最小限。そして突きは正確にガストケルベロスの胸部、そこにある魔物の頭蓋骨を捉えていた。

ガストケルベロスの巨軀がよろめく。同時にその全身を覆っていた炎の膜が揺らめき消えた。

「その神経質な正確さ、さすがだぜ！」

もはやロードグリフォンを妨げるものは何もない。全力で跳躍、ガストケルベロスの両肩へと着地すると双剣を振るう。次の瞬間には六本の腕が斬り飛ばされ宙を舞った。ロードグリフォンは結果も確かめず巨獣を蹴って再び飛び立つ。反動でよろめくガストケルベロスにキャロームのロードグリフォン改が迫った。風を斬り裂く轟音と共に大剣を一閃、三つの頭部をまとめて刎ねる。

一瞬の間に首と腕の全てを失ったガストケルベロスがたたらを踏んだ。魔力技の起点となる部位を全て破壊され、そこに神獣級としての威は残されていなかった。

「……すっげぇ」

彼らが戦う様子に見入っていた近衛騎士団員が呆然と呟く。

「団長が強いってのは知ってるけど、ワット氏も聞きしに勝るな。旧式のロードグリフォンであの動きをしてのけるかよ」

団員たちが驚きをあらわとする中で古株であるソーレだけは頷いていた。

「旧式だなどと侮れるものか。あの機体はワット・シアーズの技量に耐えるために特別に鍛え上げられた代物。ようく見ておけよ。あれが王国の歴史上最強と謳われた元王国筆頭騎士にして先代近衛騎士団長、天斬のワットだよ」

無力化され立ち尽くすガストケルベロスの残骸へと、二機のロードグリフォンが剣を突きつける。

「終わりが来たぜ、王弟殿下よ。まだ王族としての誇りが残ってるなら、せめて神妙にお縄につきな」

「わ、私は……！　こんなところで……ッ！」

タークは絶望と共に理解せざるを得なかった。たとえ神獣級の力をもってしてもこの化け物どもには勝てないと。だが同時に諦めることもできなかった。敗北は全てを失うのと同義。それは単に継承選争（レガリスベルム）に破れることだけを意味しない。ガストケルベロスの建造費について追及されれば、いかに王弟であろうと身の破滅は免れないのだ。

「まだ、まだだ……！　この命ある限り、私は負けたわけではない！」

追いつめられた者に特有の開き直りが彼に悪あがきを選択させる——だが彼の意図など全く関係なく、事態は予想だにしない方向へと転がり出していた。


——影が落ちる。

さめざめと降り注ぐ月明りを遮って落ちる、巨大な存在。天より来たりしそれは大地を揺るがし降り立った。

「うおぅ、いまさら新手が来んのかよ！」

「なんて大きい、これも神獣級だというの？」

それは巨大な、あまりにも巨大な存在だった。その全高は巨大であるはずのガストケルベロスすら凌ぐ。さらに異形さでも上回っており、巨大な爬虫類を思わせる長い尻尾を備えた下半身に、首の部分から人型の上半身を生やしている。上半身も人型としては異様で、一対の細い腕が胸を抱くように閉じられており、同じ肩からは不釣り合いに巨大な腕がさらに一対生えていた。そして背面からはご丁寧に二対四枚の巨大な翼が広がっている。

「有象無象が、頭が高い」

新たな異形が無造作に巨腕を振るった。それだけで衝撃波を生み出し、ワットたちのロードグリフォンを吹き飛ばす。そうして半ばガラクタと化したガストケルベロスへと語りかけた。

「ごきげんよう、ターク叔父上。これはこれはなんとも無様な姿であるなァ？」

「貴様……ッ！　レザマッ！　なぜここに⁉」

声を聴いたタークが驚く。無理もない、それは継承選争において覇を競い合う相手である『レザマ・オグデン』のものだったのだ。

「なぜ？　もちろん叔父上が思い通りに踊ってくれたゆえ、褒美を与えようと思ってね」

異形の巨獣が魔力の輝きを強めてゆく。レザマ・オグデンは玩具を前にした子供のように嗤いながら、終わりを告げた。

「王弟ターク・オグデン！　貴様は継承選争中にもかかわらず禁じられた武力行使を行った！　これは王家に対する反逆とみなすに十分、よって王家反逆罪をもってただちに処分とす‼　同じく継承選争に名を連ねる者の責務として、私が手ずから裁きを下してくれよう！」

ガストケルベロスの中から絞り出すような声が上がる。

「レザマ……ッ！　最初からそれが狙いだったか！」

「ハハハハハッ！　恨むならば己の愚かしさを恨むとよいよ、叔父上ェ！」

「ふざけおって！　ここは私の国だ！　貴様になど渡してなるものか!!」

　ボロボロのガストケルベロスが最後の力を振り絞り体当たりを敢行する。しかし無駄なあがきであった。レザマの鉄獣機(マシンスティール)は避けることすらせず、その巨大な腕でもってあっさりと払いのけた。

「見るに堪えぬ。せめて冥途(めいど)の土産にこの神獣級、『バハムートドミニオン』の力を味わうがよい。多重詠唱、魔法融合(ユナイト)。起動……凌駕魔力技(オーバーマギスキル)『ドラゴンズロア』!!　さらばだ叔父上！」

　バハムートドミニオンの両肩に備わっている地上最強の魔物――竜種(ドラゴン)の頭部ががばりと顎門(あぎと)を開く。直後、まばゆい光の奔流が放たれ、タークの乗るガストケルベロスを丸ごと飲み込んでいった。

「い、嫌だ……！　このようなところで……！」

　断末魔の叫びも何もかもが光の中に消えてゆく。神獣級を一機飲み込んでなお光は勢いを弱めることなく、その直線上にある全てを破壊していった。

「まずい、退避だ！」

　巻き込まれそうになったロードグリフォンたちが慌てて回避する。その背後で光は思うさまにあらゆるものを貪り尽くし。やがて光が収まった後、そこに残っていたのはむき出しの地面だけであった。ガストケルベロスの姿はおろか、ギィーレ監獄と呼ばれていた施設すら跡形もない。それはもはや鉄獣機という魔道具の範疇(はんちゅう)に収まりきらない、まさしく神なる獣の所業であった。

「フフ……ハハハ。アハハハハハハ‼　素晴らしい、素晴らしい出来栄えだ。見たかね？　我が最大最強の鉄獣機を！　この力があれば、オグデン王国はこれより百年の安泰を得るであろうよ‼」

狂ったような笑い声が響く中、真っ先に戻ってきたキャロームがレザマへと食ってかかる。

「レザマ殿下！　なぜ王弟殿下を殺したのですか⁉」

「ふむ？　近衛騎士団か。何か問題でもあったかね。私はただ継承選争の掟に逆らう不埒者を成敗しただけである」

キャロームは奥歯を噛みしめる。確かに継承選争中の武力行使に対しては極めて重い罰則が与えられる。抑止力としての効果を期待しての規則だったが、レザマは悪辣にもそれを逆手に取ったのである。

「だとしても王弟殿下を捕縛すべく、すでに我々近衛騎士団が動いておりました！　彼は罪を犯した、しかしそれは王国法によって正しく裁かれるべきものです！」

「手緩いな。罪に対し速やかな裁きをもたらすのが為政者としての務めであろう。さらに叔父上は神獣級まで持ち出してきた。なおさらに放置は危険と判断したまでのこと」

詭弁である。レザマは元より話を聞くつもりなどなく、さらに自身も神獣級であるバハムートドミニオンを持ち出してきた。どうあれこの場で潰すつもりであったのは明白だった。

「自分の都合しか頭にねぇってな。あいっかわらずおめでてぇ野郎だぜ！」

それがワットには我慢ならない。ロードグリフォンが歩み出れば、応じるようにバハムートドミニオンが上半身を乗り出した。

「ほほう。私に対してその不遜な物言い。なるほど貴様だな、ワット・シアーズ！　惨めなる敗者が、再び私の前に現れようとは。本来であればそれだけで万死に値するが……今宵の私は気分がいい。貴様の働きに免じて命だけは許してやってもよかろう」

「……どういうことだ、レザマ」

「くく……まったく貴様はよく踊ってくれた。まだわからないか？　アンナだよ。負けの込んでいる叔父上のことだ、あれを外に出せば必ずや目をつけるだろう。そこに加えて貴様だよ、ワット」

レザマが耐えきれぬとばかりに嗤い声を漏らし、バハムートドミニオンが小刻みに身体を震わせた。

「アンナをお前の元に送り込めば間違いなく必死こいて守ろうとする！　そして王弟軍を散々に手こずらせることであろう。なぁ？　元王国筆頭騎士よ！　ああ、何もかも私の思い描いた通りであったよ。案の定、貴様はのこのこと王都まで上がり私の目の届く場所で叔父上と衝突してくれた！　ははは！　まったく貴様は単純で扱いやすい。目の前にあるものしか見ず、奥底にある真実を見通せないからなぁ！」

いかにレザマが傍若無人とて、すべて力尽くで進められるわけではない。最低限の大義名分は必要であり、故にタークが自らガストケルベロスを持ち出すところまで追い詰める必要があった。それからはワットも知る通り。満を持してレザマはタークを討ち取ったのである。

「レザマ・オグデン……そこまでするというの」

キャロームも表情をゆがめる。そもそも継承選争においてレザマ陣営は有利であったのだ。にもかかわらず彼はより確実で非道な一手をうってきた。相手を亡き者にしてしまえば争う必要すらないと。キャロームの背筋を悪寒が駆け抜けてゆく。

「そんな……つまらねぇことなのか」

「む？」

ワットが拳を握り締め、奥歯を噛みしめた。腹の底から湧き上がる怒りのままレザマへと突きつける。

「そんなつまらねぇことのために！　娘を……アンナを利用し、危険に晒したのか！」

「ああそんなことか。そうだとも」

対するレザマはまるでなんでもないように答えていた。

「あれは良い餌だっただろう。仮に失っても大して痛くない辺りが最もよいところだ」

「……お養父様。本当、なのですか」

ソーレのロードグリフォン改が抱えていた者を降ろす。アンナは震える足を押さえ、気丈にも立ち上がって見せた。バハムートドミニオンが首を巡らす。

「んん？　なんだアンナ、そんなところにいたのか。ふふ、よく役目を果たしたぞ。褒めてつかわそう」

その時、ワットはアンナがくしゃりと表情をゆがめたのを見た。そこに喜びはなく、しかし悲しみでもなく、ただただ顔面に罅が入ったかのような表情だった。思わず駆けつけそうになった寸前、バハムートドミニオンが巨大な掌を差し出す。

「乗れ、余興もそろそろ終わりだ。城に戻るぞ」

アンナはしばらく俯いたままでいたが、やがて顔を上げる。そこには先ほどの壊れたような表情は浮かんでいなかった。彼女は歩き出す前に一度振り向き、皆に向かって深々と頭を下げる。

「……行きます。皆さま、これまでのお力添え……ありがとう、ございました」

「アンナ！　ダメだよ、こんな奴と一緒に行ったら絶対ダメ！」

すぐさまメディエが周囲を気にせずアンナの手を取った。アンナは困惑もあらわに己を引っ張る手を見つめる。

「メディエさん……お気持ちは嬉しいのですが、あの方は私の養父なのです。大丈夫、それにもう私の役目は終わったそうですから……危険はありません」

「そんな泣きそうな顔で言っても説得力なんてないでしょ！　師匠！　どうして動かないの⁉　なんとかしてよ！」

「俺は……！」

ワットは歯を食いしばっていた。心は斬れと言っている、だが理性がそれを止める。アンナがレザマの下へ帰る。どれほど認めがたくとも、それは本来あるべき状態なのだ。アンナはレザマの義娘なのであり、ゆえにこそ王族の一人なのだから。

――ワットはそう自分に言い聞かせるも、操縦桿を握る手から力を抜くことはできそうにない。

彼の怒りが限界を迎えるより先に、アンナの悲鳴のような声が響いた。

「メディエさん！　……おやめください。もしワット様がお養父様に手を出してしまえば、ここにいる皆の敵になってしまいます！」

「……ッ‼」

その言葉は奇しくも十七年前、レザマの罠に陥れられたワットへとカリナが告げた言葉と同じものだった。鋭い刃のごとくに胸の奥へと突き刺さってゆく。

業腹ではあるが、レザマはどこまでいってもオグデン王国の第一王子である。奴を斬ってしまえばそれこそ正しく王家反逆罪を犯した重罪人になり下がってしまう。それでもただ罪を背負うというだけならばワットは止まらなかったかもしれない。だが最悪なことに、近衛騎士団は王家への反逆者を見逃すことができず――キャロームが、彼を斬らざるを得なくなる。それはワットにとって受け入れがたい事態であった。

それがわかっているからこそ、レザマは余裕綽々で振る舞っていられるのだ。

「私のことはもう、お忘れください……！」

アンナは半ば強引にメディエの手を振り払い駆け出してゆく。バハムートドミニオンの掌に飛び乗るようにして座り込んだ。

「そうだ、それで良い。では近衛騎士団、貴様らにはこの場の始末を命じる。励めよ」

バハムートドミニオンが四枚の翼を広げる。羽ばたきが猛烈な突風を巻き起こし、その場にいる全員を押しのけた。神獣の巨体が飛び去る直前、ロードグリフォンの瞳が掌の上でうなだれる少女の姿を捉える。ワットはわずかに顔を上げた彼女の唇が動くのを見逃さなかった。

『……さようなら』

声なき言葉を残し、その姿は白々とした黎明(れいめい)の光の中に飛び去ってゆく。拭い難い破壊の跡をその場に残したまま、バハムートドミニオンの姿は雲間に消えていった――。

◆

王都オルドロックの一画にある近衛騎士団長キャローム・アエストル邸にて、メディエ・ソコムさんは今日も荒ぶっていた。

「ぜんっぜん納得いかないんだけど！　悪の親玉をぶっ飛ばしたと思ったらもっと悪いのが出てくるしアンナは連れてかれちゃうし！　あーもうあの時に僕のガゼルがあれば！」

紅茶の入ったカップを傾け、家主であるキャロームは嘆息を胃の奥まで流し込んだ。

「あの場で短慮を発揮しなかったのは不幸中の幸いと言う他ないわね」

「何よそれ！　オバサンも見てるしかできなかったクセに！」

「おっ、オバァ⁉　口の利き方には注意なさい小娘ェ！」

ぎゃんきゃんと騒がしい周囲をよそに、ワットは何をするでもなく頬杖(ほおづえ)をついていた。あの後、彼への指名手配はいつの間にか取り下げられていた。兵士に追われることもない静かな暮らしが帰ってきたのである。

「問題はターク公亡き今、継承選争に名乗りを上げる候補者がレザマ・オグデンただ一人となったことね。このままいけばレザマが次の国王よ」

「げぇーっ。あんな酷いことしておいて王になれちゃうなんて、バカじゃないのそれ！」

「馬鹿……なのかもね。でもそれが定められた規則というもの。思い通りにならないからと暴れるのでは結局、タークム公やレザマとやっていることが変わらないわ」

「だったらどうすればいいんだよー！　このまま指をくわえて見てるだけってこと⁉」

「それは……」

キャロームが口ごもる。近衛騎士団を預かる以上、彼女が勝手をするわけにはいかない。それは約束を違えることにもなるからだ。


そんな周囲の話を聞くでもなく、ワットは物思いに耽っていた。

（ひとつだけレザマの野望をぶっ壊す手段がある。しかし問題は……決断するかどうかだ）

あるにはあるが、それはワット一人が何を言っても実現しえない手段である。思わず頭をかきむしる。昔から自分一人の手で決着をつけられないことは苦手だった。

（これ以上、レザマの野郎をのさばらしとくわけにもいかねぇ。タークム公は所詮、王位を望んでいたにすぎないが奴はそれだけでは飽き足りないだろう。そういえばあの時も妙なことを口走っていたな。『神獣級の力があれば、オグデン王国はこれより百年の安泰を得る』だと？　奴はおそらく……他国への侵略を望んでいる）

現国王の政策によりオグデン王国は順調に国力を高めてきた。レザマはそれを放埒に消費することだろう。いずれは肥大した自己を見せつけるかのごとく侵略を始め――この世に地獄を描き出すに違いない。

　ワットは瞳を伏せ、瞼の裏で問いかける。

「……どっちの俺が、格好いいと思う？」

　そこに映る人影はいつの間にかアンナの姿を取り、両手を握りしめて頷いていた。

「聞くまでもねぇか。父親ってのは娘の前じゃあ格好悪いところを見せられないって、相場が決まってるからな」

　ソファを蹴とばし、勢いよく立ち上がる。

「何をする気？　ワット」

「どうせ賭けるなら、信じられるものに全額ベットしようかと思ってね」

　そう言って彼はにぃっと凶暴な笑みを浮かべた。

第十四話　わたしの望み

オグデン王国の都オルドロック。歴史ある都に相応しく、街の中心には壮麗できらびやかな王宮がある。

王族であるレザマやアンナが暮らす場所でもあり、飛び去ったバハムートドミニオンと共に彼らも帰ってきていた。

広大な宮殿のうちアンナに与えられた部屋は奥まった場所にある小さなもの。ひどく物が少ないために広々として見えるものの、実際にはワットの自宅よりも狭いかもしれない。

（本当に……帰ってきたのでしょうか）

自室へと帰ってきたのだというのに違和感が強い。それはきっとこの場所に血が通っていないからだと思う。この部屋で過ごした時間のほとんどは眠る時だけ。それ以外は教師について学び、空いた時間も復習と予習、自主訓練に費やしてきた。何か目的や向上心があってのことではない。ただそうするよう言いつけられてきただけだ。

（私はいったい今まで何をしてきたのでしょう）

そんなことを考えてしまうのはフロントエッジシティでの日々が刺激的すぎたせいだ。一人っきりではない、誰かと一緒の食事。朝起きればワットがおり、昼ともなればメディエがやってくる。

事務仲間と他愛のない雑談を交わし、街の人々は通りかかるたびに声をかけてくれた。常に誰かが近くにある生活というのが、アンナにとってどれほど珍しく、大切であることか。

王宮に帰ってから接したのは一部の使用人のみ。彼、あるいは彼女らは極端に私語を慎んでおり、これまでもロクに会話を交わしたこともない。ならば家族はどうだといえば、養父であるレザマスら彼女をここに戻して以降は顔のひとつも出さないのだから推して知るべきだろう。彼女がフロントエッジシティで何をしてきたのなどまったくどうでもよいらしく、事情を聴かれることすらなかった。

（これから……どうすればいいのでしょう）

こうして彼女が部屋でぼけっと佇んでいるのも何もやることがないせいである。帰ってきたからといきなり学習漬けの生活に戻れるわけもない。かつては無意味に忙しかったが、さりとてやることがないというのがこんなに苦痛だとは思ってもみなかった。

（これがフロントエッジシティなら……何かしらやることがあったというのに）

職について働くというのは新鮮である以上に、彼女にとってやりがいのあることだった。幸いにも教育の成果もありアンナは地力のあるほうだったから、だいたい何の仕事でも結果を出せた。結果を出せば褒められる、褒められればよりやる気が出る——そんな当たり前のことですら、彼女は初めて訪れた街でようやく知ることができた。

（そうか。ここでは誰にも求められていないから……いても意味がないのですね）

そう思えばこの場にとどまっている必要すらないと思えてきた。こっそりと部屋を抜け出してゆく。見張りの類は何もなかった。もしかしたら誰からも忘れ去られているのかもしれない。ならば好きに過ごしてよいだろう、そう勝手に思い込む。外での暮らしは彼女に意外な図太さを与えていた。

唐突に声がかかったのは、特に目的地もなくふらふらと歩いている途中のことだった。

「あらあらぁ？　珍しい人み～っけ」

「あらあらぁ？　姉上が部屋の外にいるなんてぇ～」

「いいのかな」

「よくないかもね」

「……レド、レダ」

くるくると踊るように、その二人はアンナの前に立ちふさがった。幼くともはっきりと整った顔立ちに、さらさらと絹糸のような髪、輝くような美貌。かつそっくりの顔立ちを持った二人からは、しかし浮かべているにたつくような笑みに隠し切れない邪悪さがにじみ出ている。アンナの弟と妹、レザマとカリナの子である双子のレオナルド・オグデン――レドとレイヒルダ・オグデン――レダである。

双子はするすると近寄ってくると二人してアンナを見上げた。背丈で言えばまだアンナが勝るというのに、その何かにつけて彼女を見下すような視線は昔から苦手である。すっとアンナから視線を逸らしていた。

「そうだ姉上、お仕事をされてきたとか」

「姉上、よくできました？　よくできました？」

「仕事……などと。そのようなものではありません……」

仕事というのは、フロントエッジシティの時のように人々が支え合い生きてゆくための役割分担であるべきだ。彼女としては養父の目論見に乗せられたことをそう呼ぶのには抵抗があった。しかし双子はむしろ不思議そうに揃って首を傾げる。

「でも父上のために働いたのでしょう？」

「父上に褒めてもらった？　褒めてもらった？」

「褒め……られて……」

瞬間、突き刺すような頭痛が走った。そうだ、あの夜レザマは確かにアンナを褒めた。お前は役に立ったと、まるで道具にでも言うように。しかしアンナにとって真に衝撃的だったのは言い方そのものではない。それが記憶にある限り初めて養父に褒められたということだ。今まで何を学んでもどんな結果を出してもまるで興味を示さなかった養父が、囮として役に立ったことで彼女を褒めた。彼女という人間に一切の価値を見出さない、冷え切った褒め言葉であった。

「あんなものは……違います」

俯き、絞り出すような言葉はか細く、双子はよく聞こえなかったが特に気にしなかった。畢竟、彼らにとっては姉の言葉はどうでも良いものである。

「姉上、やっと役に立てたのです」

「姉上、もっともっと役立たないと」

「「要らなくなっちゃうかも～」」

双子は歌うように節をつけて言葉を重ね、無邪気なステップを刻みながら去ってゆく。後には立ち尽くすアンナだけが残されていた。

それからどこをどう歩いたのかよく覚えてはいない。気がつけばアンナは宮殿の中庭へとやってきていた。

（……ここ、は）

無意識に人影がないか見回す。この場所は、あの人のお気に入りの場所なのだから。果たして東屋のひとつに彼女の姿はあった。第一王子妃カリナジェミア・オグデン――家族の中で唯一はっきりと血のつながっている、アンナの母親である。

「……お母様」

呼ばれて母の方も気づいたようだった。アンナと同じ翡翠色の瞳がふわりと優し気に細められる。

「アンナ……おかえりなさい。無事に帰ってこられたのね」

そうして幼い子供にそうするように、そっと彼女を抱きしめた。

「あっ……うう」

ただいま、と返したつもりだった。なのに出てきた声は掠れてまともな言葉にならず、代わりに目から涙がとめどなくこぼれてくる。母のドレスに涙の跡がついてゆくのを見たアンナが慌てるが、カリナは構わないと首を振った。

「いいのよ。しばらくこうしていなさい」

しっかりと母親に抱きしめられたまま、アンナははらはらと涙を流し続ける。

◆

「……もう、大丈夫です。落ち着きました」

アンナが泣きやんだのはしばらく経ってからのことだった。落ち着いたところで急に気恥ずかしさが湧いてくる。熱くなった顔を見られないように俯くしかなかった。

「慌てずともいいのよ。ここには私たちしかいないのだから」

そうしてアンナの手を引いてテーブルまで招く。そこにはちょうど二人分のカップと、ティーポットが用意されていた。

「あ、あの。お母様はどうして」

「アンナが帰ってきたと聞いたから。あなたにはきっと聞きたいことがあると思って。それに私からも話しておかなければならないことがあるわ」

席に着いたアンナへとカリナが茶を勧める。茶はすっかりと冷え切っており湯気のひとつもたたない。これが社交ならば無礼極まりないが、アンナはそれだけの時間待っていてくれたのだと気づいてむしろ嬉しく思っていた。それに喉を湿らせ落ち着くには十分だ。ひと呼吸。視線を上げればカリナはしっかりと彼女のことを見つめていた。父に弟妹、彼女のことをどうでもいいかのように扱う家族の中で母親だけはいつもちゃんと見ていてくれる。彼女にとって唯一の味方とも言ってよい存在――だからこそ確かめておかねばならないことがあった。

「お母様の言いつけ通りフロントエッジシティに行きました。お父様……ワット・シアーズにも会えました。そして……」

そう、アンナにフロントエッジシティへと向かうよう言い含めたのもまた母親であった。唯一絶対的に信頼していた彼女の言葉だからこそアンナは言いつけ通り、初めての旅路につき――あの結末へと辿り着いたのである。

「お養父様が、大叔父様を……」

「そう、ね。聞いているわ」

カリナはわずかに目を伏せていた。あの夜、レザマは言った。全ては彼の計算通りであったと。ならば当然の疑問が残る、母親はどこまで知っていたのかと。やがてカリナは顔を上げると、しっかりとアンナの目を見ながら話し出した。

「まずはあなたの疑問に答えましょうか。私はあの人の企みを全て知っていました。そして妻として協力もしていたのです」

アンナが思わず口を開きかけるのを、カリナがやんわりと制する。

「そもそものあの人の計画はもっと杜撰なものだったの。あなたも囮としてただ危険に晒されるだけ。でもね、私は気付いたの。もしかするとこれは……あなたに王都の外の景色を見せてあげられる、唯一無二の機会なんじゃないかって」

アンナは頷いていた。列脚車で旅し、辿り着いた街は彼女に様々な経験を与えてくれた。正しく母親の願った通りに。

「残る問題はあなたの身の安全よ。だから私はあの人の計画にひとつだけ書き加えることにしたの。あなたを送る先を辺境の地……ワットの下にしようと」

そうしてカリナはゆっくりと息を吐いた。溜め込んでいたものがまとめて流れ出てゆくような重いため息である。

「他にあなたを守る手立ては思いつけなかった。計画そのものは止められないわ。その上、あの人が受け入れるような方法でないといけなかったから」

そうして疲れたような笑みを浮かべると、ゆっくりと背もたれに身を沈めた。

「父親のことがあってあの人はあなたを快く思っていないわ。本来であれば母である私が何を於いても守るべきだった……でもできなかった。私にはあの人を押しのけるほどの力がなかった。……いいえ、それは言い訳ね」

「そんなことはありません！　昔からお母様には何度も助けられてきました！」

「そうね……慰めるくらいは私にもできたから。でもそれ以上は、あなたを守るためとわかるとあの人が頷かない。今度のこともそうだし、あなたへの教育だってそうなの。あなたは必要以上に厳しく育てられてきた。なのに不思議には思わなかった？　そこに政治や帝王学はほとんどなかったと」

その言葉で腑に落ちた。確かに様々な知識を与えられてきたのに、そこには王族として必要なものだけがすっぽりと抜け落ちている。アンナに王族の自覚が薄いのはそのせいもあるのだろう。彼女が正しく王族としてあることをレザマが嫌った結果である。

「そんなことまで……」

「その代わりと言ってはなんだけれど、あなたには色々な技能が身につくようにしておいたわ。もしもいずれ王宮を出て、外の世界で生きてゆける時が来るならばと思っていたのだけれど。どう？役に立ったかしら」

「はい……とても！」

フロントエッジシティでは仕事でも生活でも様々な面で、アンナの身につけた知識が活躍していた。これまで考えたこともなかったが彼女は思っていた以上に母親に護られ、そして鍛えられていたのである。

ならば今こそ母親に伝えねばならない。アンナは居住まいを正すと口を開いた。

「私からも……お母様に伝えておかないといけないことがあります。お父様……ワット様はまことに立派な騎士であられました。人々を助けるためには危険を顧みず、悪を討つために剣を取る。地位によるものでなく、その心こそが騎士であると」

カリナは一瞬だけ目を丸くし、すぐに伏せた。それでも隠し切れない思いが口元をわずかに微笑ませる。

「……そう。彼は本当に何一つ……変わっていないのね。まぶしいくらいにあの時のまま」

カリナはまるで自分は変わってしまったかのように言う。しかしアンナは違うのだろうなと思った。カリナこそ変わらずにワットのことを信じ続けていたのではないか。だから最後の希望として彼に託すことを思いついた。そしてアンナがワットと出会ったあの日、母親の名前を出した途端に彼はロクに疑うこともせず力になると決めていた。彼もまた同じように、カリナのことを変わらず信じ続けてきたのだ。時を経ても揺るがぬ信頼が、アンナをここまで守ってきた。それがなぜか——今は無性に羨ましく思えてならないのである。

「お母様……。お養父様は本当に、お母様でも止められないのでしょうか」

娘からの改めての問いかけに、母親は悲し気に首を横に振るだけだった。

「私にできることは精々が小手先の誤魔化しだけ。レザマは……元から他者の意見を聞き入れない人ではあったわ。それが継承選争(レガリスベルム)を勝ち抜いたのですもの。陛下という最後の重しがなくなれば、もう誰にも止められなくなる……」

アンナは拳を握り締める。伴侶の言葉すら届かないのでは、間違ってしまった時に誰がどうやって正せばよいというのか。そうして彼女は意を決して顔を上げた。母親は常の微笑みで彼女を見つめ、頷いた。

「聞かせて。あなたの想(おも)いを」

「私は……お養父様の考えは、間違っていると……思っています」

カリナは否定することなく、ただ続きを促す。

「王位を手にするためにターク大叔父様をその手にかけて……。ですが大叔父様だって平気でフロントエッジシティを襲撃していました。継承選争とは……王位とは、そんなことをして手に入れるものではないと思うのです」

「そう……ね。皆が皆、アンナのように優しければきっと素晴らしい世界になっていたでしょうね。

でも……」

　そうはならず、世界は残酷なままである。玉座は数多の人間の血によって染まり切っている。あたかも生け贄の分だけ権力を増すとでもいうかのように。あながち間違いではないのかもしれない。より多くの流血を作り出せる人間のほうが強欲で、貪欲に権力を求めるだろうから。

（そんなのは……嫌です。でもいったいどうすれば）

　これまでとは違ってアンナの身を差し出したとしてもこの問題は解決しない、どころかより悪化する恐れすらある。彼女にとっては新たな解決方法を模索せねばならなかった。

「よく考えなさい。できるできないは別にして、あなたが考え願ったことは決して無駄になりません。大切なのは考えるのをやめないことです。やめてしまえば、そこから誤ってしまうかもしれない」

「……はい」

　レザマやタークもそうして誤っていったのだろうか。ただ彼らは発想の始まりからして向きが違っている感もあるが。

「そうして答えが定まったのならば、己の足で歩いてゆきなさい。私が助けてあげられるのは、ほんの小さなことだけ。もしもあなたが大きく羽ばたくのであれば……きっと、してあげられることはもう残っていないわ」

　アンナが膝の上で両手を強く握った。母親は養父とぶつからないことによってアンナを助けてくれていたのである。この先、レザマとぶつかるのであればそれは期待できなくなる。唯一無二の味方であった母親を頼れないとなれば、アンナは一人ぼっちになってしまう――。

不安げな娘を安心させるかのようにカリナは笑みを浮かべた。

「でも大丈夫よ。私の代わりにあなたを守ってくれる人は、もういるでしょう？　本当は私の最高で最強な騎士だったけれども、今はあなたの味方よ」

茶目っ気たっぷりに片目を瞑(つむ)ればアンナもつられてクスりと笑う。

「覚えておきなさい。どんな状況でも絶対にあなたの味方になってくれる人はいます。それをしっかりと見定めなさい。一人で戦う者は死角も多いわ」

「……はい！　ありがとうございます、お母様」

「さぁお行きなさい、あなたの心のままに。どのような結末でも後悔だけはしないように」

母親に背を押されアンナは躊躇(ためら)いがちに歩き出す。何度も振り返ろうかと思い、そのたびに思いなおした。彼女はもう籠(かご)の中に閉じ込められた鳥ではない。己の翼でどこへでも羽ばたいてゆけるのだから。

◆

小さな窓から差し込む微かな月の光。薄暗闇に覆われた自室にて、アンナはベッドに身を投げ出したままじっと天井を見つめていた。寝ようとしてもなかなか寝付けるものではない。頭の中を様々な景色が過り、そして昼の会話を思い出す。

（後悔はしないように……）

母親の言葉は彼女の胸に強く刻まれた。今、アンナの手には自由がある。これからどうするかは彼女の想い次第。

（私のやりたいことを。私は……私は、戦いに巻き込まれ傷つき苦しむ者を少しでも減らしたい）

瞼の裏に浮かぶ、フロントエッジシティでの戦いの光景。他愛ない会話を交わし親切と優しさによって接してくれた人たちが、巨人によって無造作に蹴散らされてゆく。継承選争、玉座を巡る争いの中でまるで顧みられない者たち。しかしアンナは彼らをこそ助けたい
（そのためには、その場その場で動いていてはダメ。戦いそのものから止めなければなりません……）

今までは戦いを中断させることに躍起になってきた。だが違ったのだ。そもそも戦いの起こる理由から消し去らなければならないのだ。そうしなくてはいずれ同じような悲劇が繰り返されてしまう。

（でも、このままお養父様が王となれば……。あの方はきっと、さらなる争いを招いてしまう）

レザマにとって他者とは尽く、己を満たすための餌でしかない。奪うことを躊躇わない人間が国王となれば、その先に待っているのは悲劇である。

（だから、お養父様が王となることを阻止したい。そのためには……継承選争に新たな候補者がいればいい。例えば……私でも）

確かにアンナ自身も低くはあれど王位継承権を有しており、継承選争への参加資格がある。だがそれだけだ。これまでまったく表舞台に立ったことのないアンナを支持する貴族などいない。それ

では結局、最終的に投票で破れることになる。

言うは容易くも、実行はどこまでも困難であるといえよう。

(それに……仮に参加するとしても。それはお養父様と敵対することを意味している)

レザマは他の候補者を排除し、玉座を目前としている。いまさらノコノコと参加を言い出したところで、すぐさま潰されるのは目に見えていた。良くて受理されないか、悪ければそのまま抹殺されることだろう。養父ならばやりかねないということを、彼女も十分に承知している。大叔父が潰された容赦のない景色は、未だまぶたの裏に残っていた。

(まず必要なのは、殺されずに参加を表明できる場所……)

考えながら寝返りを打ち——その瞬間ふと閃いた。ある。たったひとつだけ、レザマには絶対に邪魔できない機会がある。しかも都合の良いことに、もしかしたら支持貴族を得ることもできるかもしれない。皮算用ではあるが勝算はそう低くないように彼女には思えた。だが当然、危険もある。怒り狂ったレザマが何もかも投げ捨てて彼女を排除しにかかるかもしれない。彼女は首を振って不安を頭から追い出した。

(これでどうしようもなければ、きっとどうにかする方法なんて何もなくなる)

父親が示してくれたではないか。最高の結果を望むのならば、己自身の最大をぶつけるしかない。

「私は……戦います。私にしかできないやり方で。どうか……私に勇気をください」

閉じた瞼の裏に、メディエの笑顔が浮かんだ。オットーが気難しい顔で頷き、キャロームは厳しい表情で見守ってくれた。そしてワットは親指を立てて笑いながら、いつだって彼女の背を押してくれた。アンナは決して一人などではない。

――かくして彼女は戦いの舞台へと臨む。

そこにいるのは孤独に怯(おび)えていた子供などではない。理不尽と戦うことを決意した、一人の戦士であった。

第十五話　王冠を蹴り飛ばせ

――戴冠式。

継承選争を勝ち抜いたただ一人が現国王より王の証――王冠を与えられ、正式に次期国王の座に就くための儀式である。

今回の継承選争は歴代の中でも極めて異例であった。選定貴族による投票を経ることなく、期間中に候補者がただ一人となったために終了したのである。残ったのは第一王子レザマ・オグデン。よって選択の余地なく、彼が次の国王と決定したのだった。

その結果に納得する者は皆無と言ってよかったが、さりとて正面切って異を唱える者もまたいなかった。結果を受けて元からの支持貴族は俄然勢いづき、それ以外はレザマ・オグデンの圧倒的な勢いに恐れをなしている。何しろ対抗馬だったターク・オグデンの最期は公然の秘密として貴族たちの間に流布しているのだ。噂の内容はあることないこと尾ひれ背びれがつき放題だったが、一致しているのはレザマ自身が容赦なく処断したという点であった。誰しも同じ轍など踏みたくはなかろう。

中でも窮地にいるのは元王弟派の貴族たちである。彼らはこの容赦のない新国王のご機嫌をとるために必死であり、なんとかしてゴマをすろうと目を光らせている有様であった。

悲喜こもごも、輝かしき戴冠式には相応しくない暗雲が立ち込め、渦巻いている。

◆

王宮の中央広場はこの日のために、オグデン王国の国力に相応しい絢爛豪華な飾りつけが為されている。戴冠式には国内の貴族の全てが参列する決まりになっている。なので当然、そこにはオットー・ソコム男爵も含まれているのだった。

（……なんともまぁ億劫なことだ）

妙にけばけばしいと定評のある王国貴族の正装に身を包み、居並ぶ貴族たちの間から鋭い視線を飛ばす。その先には王宮のバルコニーに立ち、誇らしげに手を掲げる人物の姿があった。

（あれが噂の第一王子……いや、新たな国王陛下のご尊顔か）

彼のいる場所からは距離があり、かつ向こうからすれば大勢の中の一人である。そうそうわかりはしないだろうが、気づかれれば反意を疑われかねないほど険しい目つきである。

（我がフロントエッジシティを襲ってくれたのは対抗馬であった王弟殿下であったらしいがね。まったく同じ穴の狢としか思えん）

なにせ彼の娘であるメディエはタークが倒された現場にいた当事者であり、彼は詳細を聞き知ることができた。相手の娘を人質に取ろうとするのと、相手を陥れ抹殺するのとで大差などあるまい。

おかげでとてもではないが新たな国王の戴冠を祝おうなどという気分にはなれないでいた。男爵という身分も、下手に近寄らなくて済むだけ今はありがたいくらいである。

（これから我が領の立ち位置は難しくなるな……）

オットーはもともと魔物（モンスター）たちに対抗し土地を拓（ひら）いたことで爵位を与えられた。なにせ最辺境といわれるくらいであり、政治への影響などわずかなものだった。いつも通りであれば誰が国王になろうと知ったことではなく、ただソコム商会としての商売が続けばよかった――だが思わぬところから継承選争のど真ん中に関わってしまった。この先、新国王から要（い）らぬ注目を受けることは想像に難くない。さらにいえば継承選争においてソコム男爵家は中立派であり、第一王子派であったわけではない。そこに友好的なものは期待できないだろう。

そうしてバルコニーを睨（にら）みつけていたオットーはふと気づいた。新国王の背後にいる見知った人影の存在に。なぜならその少女は背景の一人たることを良しとせず、いましも動き出そうとしていたからである――。

誇らしげに胸を張り満場の称賛を浴びるレザマの後ろで、アンナは思いつめた表情で立ち尽くしていた。継承選争の終着点、戴冠式。もうすぐ現国王から王冠が彼へと渡され、彼は名実ともにオグデン王国の国王となる。たとえどれほど卑劣な手段を用いようと、玉座は彼を迎え入れるらしい。

そのうちに先触れの者が現れ、儀式の開始を告げた。

「陛下の御成〜り〜」

白衣をまとった典医が先導し、その後ろからベッドそのものが運ばれてくる。そこには現国王のやせ衰えた姿があった。高齢のわりに壮健であると評判の身体(からだ)からはげっそりと肉が落ち、まるで枯れ枝のようである。病に蝕(むしば)まれ、もはや自力では動くこともできないのだろう。お付きの者たちがベッドから担ぎ上げて支えとなり、ようやく立ち上がれる有様だ。

抑えたざわめきが起こる。多くの貴族にとって久方ぶりに目にする国王の姿だった。頬肉の落ちた顔には色濃く死相が浮かぶ。継承選争が始まるのもむべなるかな。それでも国王は最後の務めを見事果たさんと、骸骨のような手で王冠をしっかりと握りしめていた。

向かい合ったレザマは一瞬、侮蔑に満ちた視線をあらわとする。しかしすぐにそれを打ち消すと殊勝を装って跪(ひざまず)いた。

「……父上もお辛(つら)かろう。お役目はこのレザマが受け継ぎましょうぞ。さぁ、その王冠を私に……！」

国王はもごもごと何かを口にしたようだったが、もはや近くにいるレザマにすら聞き取れない。それから震える手でゆっくりと王冠を持ち上げてゆき——。

その時だった。

「お待ちください。継承選争はまだ終わってはおりません」

その声は静寂の中、意外なほどよくとおった。参列した貴族たちが手順には存在しない事態に目を丸くする中、一人の少女がツカツカと歩み出る。アンナである。

すれ違いざま母親と目が合う。カリナは無言で小さく頷いた。周りにいたレドとレダはにたついた笑みを浮かべ、しかしまるで人ごとのように我関せずでいる。

もはや引き返すことはできない。アンナは手足に、腹に力を込める。

「今は候補者が一人まで減ってしまったために一時的に中断しているだけです。王国法には、候補者が複数残っていると認められた場合ただちに再開され……従来通り貴族による投票をもって決定するとあります！」

そうしてアンナ・オグデンは養父であるレザマ・オグデンと向かい合う。

「何を言って……。貴様、まさか⁉」

束の間呆気に取られていたレザマだったが、すぐさまとある可能性へと思い至った。理屈の上では可能である、しかしなぜ、意味がない、まさかアンナが、もしや何か勝算があるのか、いやありえない、自分が知りえない情報があるのか――。

様々な思考が入り乱れ、その混乱が彼の行動を致命的に遅らせた。国王がぎょろりと見開いた目で食い入るようにアンナを見つめる中、彼女は高らかに宣言したのである。

「そして私、レザマ・オグデンが長女アンナ・オグデンは、今この時より継承選争への参加を表明いたします！　これで候補者は二名。よってこれより……継承選争は正しく再開されるのです！」

沈黙はほんのわずかな間。すぐさまどよめきが爆発した。疑問、怒鳴り声、喚声、ありとあらゆる言葉が噴き出しアンナを包み込んでゆく。

(お養父様……これで逃げられませんよ)

戴冠式には原則、国内の全ての貴族が参加する決まりである。つまりこの場で発した言葉はすべての貴族へと届くのである。そうして貴族全員を証人として継承選争を再開させることがアンナの狙いであった。言葉は既に周囲の貴族たちへと届いており、いかなレザマとて誤魔化すことは不可能である。計画の第一歩はクリアしたと言えよう。しかし本当に困難なのはここからだ。

「何をふざけたことを！　陛下！　かのような戯言をお耳に入れたことまことに申し訳ありませぬ。さて戴冠を続けて……」

レザマが促すも、国王は震える手で王冠を摑んだまま離さない。そのまま侍従たちに抱えさせてベッドまで戻ると、かすかに口元を動かした。

「お待ちください……！　何をしているのですか！」

「継承選争が終わっていない以上、戴冠は認められぬ……それが陛下のご意思でございます」

侍従たちは慇懃な礼を残し、ベッドを抱えて下がっていった。レザマが無様に手を伸ばし――しかし摑むことは叶わない。あとほんの一歩、手の届く距離まで近づいたはずの玉座が遠のいてゆくのを眺めることしかできなかった。

(ふざ……けるな！　なんだ、なんだこれは⁉)

ギシりと嚙みしめた奥歯が軋む。彼の周囲だけ空気が冷え切っているかのようだ。しばし拳を握りしめ震えていた彼だったが、やがて低い笑い声を漏らし始めた。

「ふふ、ふふふ……。やってくれたものだ。まさかまさかだよ。お前が私に盾突こうなどと、我が明晰なる頭脳をもってしても想像だにしなかったぞ。アンナァ！」

こめかみをひくつかせながら振り返る。

「確かにお前にも王位継承権はあるだろうな？　だが、だからどうだというのだ。まったくの支持基盤を持たないお前が出たところで勝ちの目など万にひとつもなかろうよ！」

衝撃は過ぎ去り、レザマは落ち着きを取り戻しつつあった。確かにしてやられた、しかし継承選争が再開したからどうだというのだ。支持基盤ももたぬ小娘など恐るるに足りない。少々お預けを食らって気分が悪いが、それは己の詰めの甘さに対する罰だとでも思っておく。

「私が即位した暁には、覚えておけよ。私に盾突いた報いは十分に受けてもらうぞ……！」

目をぎらつかせてアンナを睨みつける。しかしそんな彼の予想は、直後に打ち砕かれた。

「支持者ならばいるとも！」

はるか離れた広場の隅で放たれたその言葉は、ざわめきの中でもはっきりと耳に届いた。道を空けるように周囲の貴族たちがさっと分かれる。そうして人ごみの中を堂々と胸を張り、オットー・ソコム男爵が歩み出てきた。

「おお、ソコム殿！　あなたが立たれるというのか！」

「なるほど、あれが辺境の雄と呼ばれた男か。お手並み拝見と行こうではないか」

「商人上がりの成金貴族めが、いったい何をするつもりだ」

周囲の貴族たちが好き勝手にさざめくも、オットーはその全てを無視し毅然と言い放つ。

「我らソコム男爵家はアンナ姫の参加を歓迎する。そしてここに、その支持を表明する！　オグデン王国の未来を憂える志あるものよ、今こそ姫のもとに馳せ参じるのだ！」

「なぁにィ……!?」

レザマは歯を軋ませるも、一笑に付すこともできないでいた。彼は敏感に、ざわめきの中にそれまでとは異なる意見が交じり出したことに気づいたのだ。

「ほう、面白くなってきたではないか。やはり継承選争は選ばなければな」

「く、出遅れたか。だがまだ有利な立ち位置を狙えるかもしれん」

「これはどちらが勝ち馬となるのか、わからなくなってきたぞ」

継承選争において貴族たちにできることなど、所詮は選ぶことだけである。選ぶ対象が一人しかいなければ彼らには何もできない。だがそこに、もうひとつの選択肢が現れれば？

貴族の権利を行使すべく、レザマに従わない者たちが一斉に動き出していた。

たしかにアンナはこれまでまったくノーマークの存在だった。しかし既にソコム男爵という支持者の存在も明らかになっている。彼は男爵家であり格としては低いのだが、それでも在ると無いでは大違いだ。

なにより実際に動いた者がいるという事実そのものが呼び水となり、さらに後に続こうという者たちが現れつつあった。日和見に徹していた者たちにも動揺が広がっている。さらに元王弟派などもここぞとばかりに息を吹き返すのが目に見えるようだ。

嫌な気配である。小娘が放ったたったの一言によって継承選争が振出しに戻っただけではなく、その風向きすら変わりつつあるというのか。

（なん……だ。なんだこれは？　ここは私の戴冠式だぞ。有象無象のごときがなぜ私の意志から外れようとしている！　誰の許しを得てそのような身勝手な振る舞いを！）

そう、レザマ・オグデンの手法は容赦なく完璧であった。しかしあまりにも容赦がなさすぎた。反発は力で抑えられていただけで、ほんのわずかでも綻びが見えれば人々はそこに殺到し広がってゆく。だが当人は、それを反省するような殊勝さは持ち合わせてはいなかった。

（それもこれも全てあの小娘のせいだ。やはりあの男の残した娘など邪魔だったのだ！　妻の手前、情けをかけてやったのがそもそもの間違いだった。ここまで生かしてやった恩を忘れおってぇ！）

ひとたび口から出た言葉は二度と消し去ることなどできない。ならばとるべき手段はただ一つ。かくなるうえは言葉を発した本人、アンナを早急に消し去らなければならない。

一瞬のうちにレザマの脳内であらゆる可能性が検討されてゆく。策略こそ彼の本分。どうすれば己に瑕疵なく、相手を一方的に叩き潰せるかばかり考えてきたのだ。しかしタークの時のように継承選争の規則違反に問うことは難しかった。悠長に準備をしているような時間もない。

その時、彼の脳裏にある条文が浮かび上がってきた。

「……はは！　そうだ……継承選争にはただひとつだけ闘争を可能とする状況があったなァ？」

レザマがゆらりと顔を上げ、アンナがびくりと身を震わせた。

「もはやひと欠けの情けもかけん。継承選争にまつわる王国法、付帯条項第五条にある！　アンナ、お前は養父である私の承諾なく勝手に継承選争へと参加しようとした。これは許しがたい暴挙である！　よってここに直接の『決闘』をもって、これを正すものである！」

決闘──それは継承選争において唯一認められた武力行使の手段。本来であれば綿密なルールがあり、決闘で命を失うことがないようになっているものだが──。

「決闘の手段は鉄獣機（マシンスティール）による一騎打ち！　今ここにいる諸君が見届け役となろう！　くく、アンナよ。己が意を通したくば剣を取るがいい！」

レザマの手にかかればこの通りである。

（……お養父様、やはり……そう来るのですね）

決闘については、アンナも想定しなかったわけではない。結局のところレザマは他人を毛ほども信じていないのだ。だから投票に身を委ねることができない。その手で相手を排除することでしか、安心を得られないのである。だからこそどんな理由をでっちあげてでも直接排除しようとしてくるだろうという予想はあった。

武力を持たないアンナは戦うことができない。だがしかし──逆に言えば武力さえあれば、かかる困難は撥（は）ねのけることができるということだ。

（……もしも、私が信じた通りならば）

度重なる急展開にざわめきの収まらない周囲から視線を逸（そ）らし、空を見上げる。そうして彼女はその抜けるような青空に伸びゆく、一筋の白線を見つけ出した。

「ああ……来て、くれたのですね！」

空に引かれた白線は急角度で折れ曲がるとまっすぐに王宮の中庭めがけて突き進む。叫び声を上げる暇もない、天空より降り来りし存在が広場のど真ん中へと突き刺さった。土煙が噴き上がり、集まった貴族たちは顔を覆って衝撃から身を守る。やがてそれ以上何も起こらないことを確かめておそるおそる顔を上げて。

「……鉄獣機⁉」

そこには一機の赤い鉄獣機が忽然（こつぜん）と出現していた。まだ軽く各部の形を変えながら立ち上がってゆく――聖獣級（クルセイダー）・ロードグリフォン。近衛（このえ）騎士団専用機にして王国最強との呼び声も高い機体を、知らぬ者などいない。

「なにを……何をしている、近衛騎士団！　侵入者であるぞ‼」

驚きから立ち直ったレザマが叫んだ。その頃には会場を警備していた近衛騎士団が押っ取り刀で駆け付けてくる。入れ替わりに貴族たちが慌てて逃げ出し始めた。鉄獣機同士の捕り物に巻き込まれてはたまらないからだ。

近衛騎士団の最新鋭機、ロードグリフォン改（リバイズド）が侵入者のロードグリフォンを取り囲み、得物を向ける。

「団長～。あの古いロードグリフォンってワット氏ですよねぇ。無茶してくれますよォ！」

「躊躇（ためら）うなよ団長（キャローム）、戦（や）るぞ！　戴冠式に乱入するのはダメだ。いくらワットでも庇（かば）いきれん！」

「……わかってるわ。各員、旧式だからと油断はするな。あれは元王国最強の騎士よ！」

大剣を抱えたキャロームの騎士団長機が指示を飛ばし、包囲を狭めようとして――。

「お待ちください！」

剣を交える前にアンナが駆け出していた。周囲が止める間もあらばこそ、躊躇いなくバルコニーから身を躍らせる。すかさずロードグリフォンが掌を差し出し、彼女は受け止められていた。その光景を確かめ、キャロームは口の端を笑みの形に曲げながら、そんなことはおくびにも出さず命令を放つ。

「騎士団、攻撃待て！　アンナ様を巻き込む恐れがある！」

「ったくあのお嬢さんも無茶をする……」

ソーレがぼやきつつ距離を取り、近衛騎士団もそれに従った。

「よっ、アンナ。お前ならやると思ってたぜ」

掌を掲げ、ロードグリフォンが胸部を開いてゆく。その操縦席に収まったワットの姿を確かめた瞬間、アンナはくしゃりと表情をゆがめた。

「お父様……来てくださると思っていました。……ごめんなさい。偉そうなことを言って、私は結局お父様に頼ってしまう」

「違う、そうじゃあないだろう」

「え？」

ワットは不敵な笑みと共に頷く。

「ここで言うべき言葉はお願いしますだろ？　言ってみな。俺は何をすればいい？」

アンナが急いで涙をぬぐい去った。それは決意には必要ないもの。今ここで別れを告げ、前に進む時は来た！

「お願いします、お父様。私と……私と共に、戦ってください！」

「心得た！」

ロードグリフォンがかつてないほどに昂（たか）ぶり、興奮気味に蒸気を噴き出す。そうしてアンナを乗せた掌を高々と掲げ上げた。

「元王国筆頭騎士、ワット・シアーズ！　アンナ姫の願いにより、今この時よりひと振りの剣とならん！　レザマ・オグデンよ、戦う力なき姫に剣を向けるとは戦士の風上にも置けぬ所業！　我が主に代わりて……俺がその決闘（ケンカ）、買おうじゃねぇか！」

瞬間、レザマの頭の血管がブチキレた。

「あの乱入者、ワット……シアーズと言ったか⁉」

「元王国筆頭騎士！　あの『天斬』が還ってきたのか！」

「アンナ姫に竜殺しがつくならば、あるいは……」

居並ぶ貴族たちがざわめく。この国で長く貴族をやっていて彼の存在を知らない者はいない。近衛騎士団を王国最強の騎士団として不動の地位に押し上げた立役者。元王国筆頭騎士、最強の剣、竜殺し、天を斬り裂くもの——ワット・シアーズ！

周囲のざわめきなど無視してレザマが叫ぶ。

「ほざけぇ！　この愚物がッ！　近衛騎士団、何をぼさっとしている！　さっさと侵入者をぶち殺さないか！」

「できません」

「なッにィ……⁉」

もはや怒りが限界を突破し息を荒げるレザマに対し、キャロームはあくまで平静に応えていた。

「あれは今、正式にアンナ様の騎士となりました。さらには騎士としてあなたとの決闘に臨むと宣言した。決闘中は戦いが終わるまで周囲は手出しをせぬが決まり。であれば、我々は見届け人として振る舞うのみです」

彼女の命令により近衛騎士団が下がってゆく。


――崩れてゆく。レザマがここまで積み上げてきたすべてが、たった一人の小娘の暴挙によって水泡に帰そうとしている。彼の力を恐れる貴族はもはやなく、近衛騎士団すら従おうとしない。このまま彼の企みは失敗してしまうのか――否。断じて否。

「んふふふふははは……そうだ。邪魔ものなど叩き潰してしまえばいいのだ！」

解決方法など簡単なものだ。二度と自分を侮ることのないよう力を示せばいい。お望み通りその目に焼き付けるといい。おあつらえ向きに決闘という舞台の用意は整っている。

「ワァァアッツット……貴様には贄となってもらおうじゃないか……」

なるべく惨たらしく、なるべく惨めな敗北を与える。それでこそ己に盾突いた者の正しい末路を示せるというもの。

「来ォい！　我が神獣よ！」

レザマの叫びに応じ、大地が揺れた。揺れはどんどんと強まり、やがて中庭に罅が走る。逃げ惑う貴族たちを他所に、地中から巨大な翼が出現した。

「あ～はは！　父上が怒ったぁ！」

「あ～はは！　い～けないんだ、いけないいんだ！」

「「さぁ、みんな一緒におどろうか！　アハハハハ……！」」

レドとレダの双子が笑いながら走り去ってゆく。カリナは動かず、それが現れるのをじっと見つめていた。

天を衝くような巨体。背には巨大な翼を備え、下半身はずんぐりとした獣の形をしている。

神獣級鉄獣機・バハムートドミニオン――。己が乗騎を呼び寄せたレザマが妻の腕を掴んだ。

「お前もこい！　特等席で見せてやろう！」

「あなたは……わかりました。ゆきましょう」

バハムートドミニオンの胸が開き、二人は操縦席へと乗り込んでゆく。カリナがレザマの背後へと収まった。

「ようく見ておくのだぞ。奴が叩き潰され地べたを這いずる様をな！」

レザマが憎々しげにロードグリフォン――ワット・シアーズを睨みつける。

「レザマ。いかに強い鉄獣機を持っているとしても油断は禁物よ。あなたも知っているでしょう、あれは強いわ」

「私に指示をするな！　お前はただそこにいるだけでよい！」

カリナは目を伏せ、口を閉じた。こうなったレザマは言うことを聞かないとよく知っているからだ。

バハムートドミニオンの操縦席が閉じてゆく。その時カリナは、距離が開いているにもかかわらずロードグリフォンのワットとはっきりと目が合った。声を出さず、唇の動きだけで呟く。

『アンナをお願い』

『心配すんな。何があろうと守り抜く』

そうしてロードグリフォンも操縦席を閉じ、互いに向かい合った。決闘の火蓋が切られる――。

第十六話
決闘

場に満ちる騒々しさを押しのけて近衛騎士団専用鉄獣機、ロードグリフォン改が動き出す。

「近衛騎士団各位、配置へつけ！　これより王国法に則り、我々近衛騎士団が決闘の見届け役を務める！　なお周囲への被害は最小限にとどめねばならない！　全員心して防御を固めよ！」

「団長マジ無茶です！　決闘に神獣級持ち出すなんて馬鹿げてる！　王宮であんなモノ動かしますかぁ⁉」

「泣き言を教えたつもりはないわ、無理でも無茶でもやりなさい。近衛の務めを思い出せ！　この一戦に王国の未来がかかっていると心得よ！」

「まったくアイツが絡むとなんでも大事になっていくな」

「ああもうやってやりますよォ！　頼んますよ先代騎士団長。天をも斬るって腕前、見せてくださいよ！」

近衛騎士たちの視線が決闘の舞台に立つロードグリフォンへと集まってゆく。旧式の機体、なれどその鋭さは今でも王国随一の座を譲らない。現役たちのロードグリフォン改は中庭を取り囲むような配置につき、簡易の防御結界を成した。

（……ついに因縁に決着をつけるのね、ワット）

キャロームは知っている、十七年前にワットが王都を去ることになった顚末を。あの日も今も、レザマが繰り出す身勝手な振る舞いに彼女はほとほと嫌気がさしていた。近衛騎士団団長という立場上、継承選争の候補者に肩入れするのは望ましくないのだが、それでもワットが——アンナが勝利を摑むことを願ってやまない。

(はぁ。それにしてもまた一緒に戦うこともできないなんて。いつもいつも見ているだけというのは歯がゆいものね)

昔からそうなのだ。ワットという男はいつも勝手にとてつもない困難と闘い、勝利だけを持ち帰ってくる。気づいたときには事が終わっていて、隣に並んで戦うことを許してくれない。彼を助けることができなかった悔しさをバネにしてキャロームは強くなろうと努力したというのに。

(万が一この戦いであなたが窮地に陥ることがあれば……その時は)

悲壮な決意を胸に秘め、表向きは平静を装う。

彼女が見つめる先、緊張と高揚に包まれた中庭の中心で騎士と獣が向かい合っていた。獣——神獣級鉄獣機バハムートドミニオンの操縦席で、第一王子レザマ・オグデンはにぃっと笑みを浮かべる。

「くっくっくっ。貴様とまたも決闘することになろうとはなぁ。まるで昔のようだぞ、ワット。覚えているか？　十七年前、貴様が無様に敗北し這いつくばって私に許しを請うたことを」

「ああ、覚えてるぜ。まるで昨日のことのように思い出せる」

嘲笑交じりの言葉にもワット・シアーズは静かに応じていた。ありし日の決闘において、ワットはレザマの卑劣なる罠にかかり敗れ去った。戦いなどとは到底呼べない方法だったが、敗北という結果に違いはない。

「何度も思い出してきた。何度も憤り、何度も苦しみ、何度も悔やんだ。学ばせてもらったよ、強さだけで勝てるわけじゃあないってことをな」

ロードグリフォンが剣を抜き放つ。片方が半ばで折れた二本の剣を。

「なんだぁ？　くくく、私に折られた剣を未だ使い続けているのか！　剣の一本も新調できないとは、ずいぶん惨めな生き方をしてきたようだなぁ？」

「こいつは戒めだ。調子に乗っていた、過去の俺に対するな」

くるりと切っ先をバハムートドミニオンに向け、ワットが獰猛に笑う。

「そして今から未来を切り開く剣だ。覚悟は良いか？　レザマ。もうご自慢の権力はお前を護っちゃくれないんだぜ。なにせ今の俺は王女殿下の剣、お前と同格ってことだからな」

「言うに事欠いて同格だとォ！　なんたる不遜か！　塵屑の分際で王に盾突きおってからに！」

「おっと、継承選争は仕切り直しの最中だ。お前は王になり損ねたんだよ」

ロードグリフォンが剣を返し、肩に乗せる。

「今はただの、手段を選ばぬ屑でしかない」

バハムートドミニオンの操縦席で、レザマはギリギリと歯を食いしばっていた。ワットの一挙手一投足、すべてが癪に障る。ちょっと腕がたつだけの騎士なぞさっさと権力で叩き潰してしまいたいというのに、王女（アンナ）がいるせいでそれも上手くいかない。

その時、レザマの背後から落ち着いた声がかかった。

「レザマ、怒りを抑えてちょうだい。冷静さを欠いていては勝利は覚束ないわ」

「煩（うるさ）い！　お前はいつから私に指図できるようになったのだ！　黙っていろ！」

「………そう、ね」

やはり無駄なのか、カリナは口を閉じ目を伏せた。彼女の気遣いは逆効果となり、レザマはさらに頭に血を上らせていく。

「どいつもこいつも私に盾突く！　目障りな蛆虫（うじむし）どもが！　特に貴様だ、ワァァァッッット！」

「好きなだけほざいてな、レザマ。俺はもうお前が何を考え、何をしようと知ったことじゃあない」

対照的にワットは穏やかだった。不安げに見上げてくる娘（アンナ）を安心させるべく笑いかけ、自信に溢（あふ）れて敵を見据える。

「剣となった俺が為すべきことは、ただ討つことのみだからな」

もはや言葉のひとつもなく、バハムートドミニオンから殺意だけが際限なく吹きつけてくる。ワットは口の端（は）をゆがめて笑っていた。今までに潜り抜けてきた修羅場に比べれば、この程度の殺意は微風のようなもの。そもそもをしてレザマは生粋の鉄機手（スティールライダー）ではない。十七年前であってもその技量は拙いものだった。あれから腕を磨いてきたということもないだろう。

残る懸念は神獣級・バハムートドミニオンの実力である。どれほど乗り手がザコだろうと機体は本物、舐（な）めてかかれるような相手ではない。それでも彼には負けるつもりなど微塵（みじん）もなかった。

「これから大立ち回りをすることになる。いけるな？　アンナ」

「大丈夫です！　そもそも決闘を挑まれたのは私。戦うのはお父様だけではありません、私も一緒です！」

「ようし、その意気だ。だったら見物してる貴族たちに魅せてやろうぜ。アンナ・オグデンここにありってね！」

芯のあるいい子に育ったものだ、ワットは会心の笑みを浮かべた。あの養父（レザマ）の下で暮らしていたとは思えないくらいである。彼はそこに、母親の影響を見出（みいだ）していた。

（この子のためにも、邪魔な馬鹿王子はここでぶっ飛ばしとかねーとな）

過去の因縁も、恨みつらみも今はどうでもよかった。娘のために剣を取る、ならば後は勝利を掴むのみ。かつてない晴れ晴れとした気分が胸中に広がってゆく。


近衛騎士団の中から団長であるキャロームが進み出てきた。

「準備はいいわね。これより決闘を開始する！　この戦いは私たちのみならず、あらゆる者の目に焼きつけられることになるだろう。双方、恥じることなき戦いを！　それでは始め！」

合図が下された瞬間、真っ先に神獣が動き出した。

「フン、御託などどうでもよい！　戦いとは勝者こそが正義！　バハムートよ、勝利を我が手にもたらせ！」

バハムートドミニオンが咆哮（ほうこう）と共に蒸気を噴き出し、翼を広げる。青白い魔力が揺らめき、羽ばたきと共にその巨体を浮き上がらせた。

「蛙のように潰れてしまえェ！」

直後、バハムートドミニオンが猛然と突撃を始める。その巨体、大重量にもかかわらず一気に加速、互いの距離が見る見る縮まってゆく。一瞬きの間にロードグリフォンの視界を巨体が埋め尽くしていた。何しろバハムートドミニオンは巨大である、ただ激突するだけでもロードグリフォンを粉々に破壊してしまえるだろう。

迫りくる死の顕現を前に、アンナの表情が強張る。

「戦いってのはビビったら負けだ、目を逸らすんじゃないぜ！」

「！　は、はい！」

ワットの言葉が彼女を支えた。祈るように両手を組みながら、それでも迫りくる神獣から目を逸らさない。

「ようしいい気合いだ！　奴はデカい力を振り回したがる。ガキと同じさ、使い方がなっちゃいない。恐るるに足りずってな！」

そうしてロードグリフォンもまた走り出した。バハムートドミニオンを回避することなくむしろ正面から突っ込んでゆき。激突する、アンナが思わず目を閉じかけた瞬間、ロードグリフォンが跳躍した。その高い出力を存分に生かし、バハムートドミニオンの巨体を飛び越してゆく。そしてちょうどすれ違いざまにその頭部を踏みつけ、足場にした。

「ぐぅッ⁉　貴様ァ！　舐めた真似をッ！」

「はは、挨拶代わりだよ」

神獣を足蹴にしたロードグリフォンが着地し、その背後でバハムートドミニオンが足を踏ん張り制動をかけた。跳ねるようにして振り返るや、両肩にある竜種(ドラゴン)の頭部が顎門(あぎと)を開く。

「王に対してその振る舞い、許し難(がた)し！　骨も残さず消し飛ぶがいい！　多重詠唱(マルチプルキャスト)、魔法融合(ユナイト)。起動、凌駕魔力技(オーバーマギスキル)『ドラゴンズロア』‼」

膨大な魔力が集い、直後光の奔流となって放たれた。竜種のブレスを再現した攻撃が大地を抉(えぐ)りながら伸びてゆく。

「どれだけ強力な攻撃だろうとな、来るとわかってりゃあ避けられるさ！」

光の伸びる方向を見て取ったワットはすぐさまロードグリフォンを横っ飛びに動かした。その隣を光が駆け抜けてゆき、後方で攻撃を受け止めた結界役のロードグリフォン改が盾ごと弾き飛ばされる。暢気(のんき)に戦いを観戦していた貴族たちが慌てて逃げ惑っていた。背後の惨状を確かめ、ワットが顔をしかめて振り返る。

「おいおい。そいつぁ決闘程度でぶん回していい攻撃じゃないだろ。周りを巻き込むのも躊躇(ちゅうちょ)なしかよ」

「お養父(とう)様、背後には貴族たちもいるのです！　よくお考えください！」

「フン、知ったことか。そもそも貴様がちょこまかと避けるから悪い。さっさとくらって死ねばよいものを！」

決闘の様子を見ているのはこの国の貴族たちであり、いずれ国の運営において重要な役割を果たす者たちである。さらに言えばそこにはレザマを支持する者たちもいたはずだが、彼はそんなことすら頭から飛んでいる様子だった。ワットはうんざりとため息を漏らす。

「なんつう勝手な言い分だよ。しかしこれ以上あれをぶっ放させるわけにもいかねぇな。アンナ、近寄って戦うぜ。ぶん回されないように腹に力こめときな！」

「はい！」

ロードグリフォンが双剣を構えて駆け出す。突っ込んでくる姿を目にしたレザマが口角泡を飛ばして身を乗り出した。

「よかろう、私が手ずから叩き潰してくれる！　起動、凌駕魔力技『タイダルサーベランス』！」

バハムートドミニオンがその巨大な腕を動かし、背後にある二対の翼のうち下側を掴んだ。翼はメキメキと音を立てて形を変えてゆき、それそのものが鉄獣機と同じ大きさがある超巨大な剣と化す。巨腕に握る一対の特大剣を構え、バハムートドミニオンが走り出す。

特大剣の周囲に暴風が渦巻いた。元からの巨大さに加えさらに威力を増しながら、斬撃が大地に叩きつけられる。あっさりと大地が砕け、土煙が吹き上がる。ロードグリフォンは飛び退り、その破壊から逃れた。

「ったくいちいち馬鹿みたいな威力しやがって！」

「思い知れ、これが神獣級の力！　そらそらそらそらぁッ！」

バハムートドミニオンは止まらない。特大剣を振り回し、叩きつけ、横薙ぎに振るう。かすっただけでも致命傷となる攻撃を、しかしロードグリフォンは尽くかわしていた。

「駄々っ子かよ。おかげでだいたいの攻撃範囲が見えてきたぜ。そろそろこちらからいかせてもらう！」

タイダルサーベランスはその威力故に攻撃後の隙も大きい。渾身の力で振り下ろされた一撃をかわし、ロードグリフォンが前進する。双剣を構え、伸びきった巨腕へと斬りかかり。瞬間、特大剣のまとう暴風が凪いだ。

「くく、かかったな。己から火に飛び込む虫けらめ！　起動、凌駕魔力技『フェザースフィア』！」

バハムートドミニオンが蒸気を噴き出し出力を上げる。同時、その背に残った翼から羽根が舞い上がった。それは淡い光の尾を曳きながらバハムートドミニオンの周囲に舞い散り。直後、ロードグリフォンめがけて一斉に殺到する。

「まだあんのかよ！　こなくそォ！」

ロードグリフォンが双剣を振るい羽根を斬り落としてゆく。しかし数が多い。さらには迎撃のため足の止まったロードグリフォンめがけ、バハムートドミニオンが特大剣を振り上げていた。

「潰れろ虫けらァ！　これで終わりだ！」

舞い散る羽根が翼へと戻ってゆくと同時、特大剣が再び暴風をまとって振り下ろされる。あまりの威力に抉られた大地がめくれ上がり、吹き上がった土煙が立ち込めロードグリフォンの姿を飲み込んでいった。

戦いの様子を見守っていた貴族たちが息を呑む。いかに元王国筆頭騎士の実力をもってしても、やはり神獣級の暴威には抗いえないのか。諦めの漂い始めた中、未だ希望を失わない者たちがいる。

「ワット！　君はこの程度で諦めるタマではないだろう。父親なのだ、娘の前でみっともない姿は見せられないぞ！」

「今までもっと困難な戦いでも何度も勝ってきたでしょう！　こんなのに負けるなんて許さないわよ！」

　オットーが、キャロームが、ワットを知る者たちが檄（げき）を飛ばし。

「ったく賑（にぎ）やかな応援ありがとよ。ありがたすぎて泣けてくらぁ！」

　直後、土煙を破ってロードグリフォンが飛び出してきた。その装甲には無数の傷が刻まれているも、その動きに陰りは見られない。

「今のはいい攻撃だったぜ、レザマ。先にタイダルサーベランスの間合いを見てなきゃあ危なかったかもしれねぇ」

「なんと往生際の悪い……。見苦しいぞ、貴様」

　ワットは戦意を失った様子も見せず、双剣を構えなおす。

「残念だったな。今のが俺を仕留める最初で最後のチャンスだったろうによ」

「フン、すぐにその減らず口を閉じてやろう。我がバハムートドミニオンは無敵！　圧倒的な攻撃力！　完璧な防御力！　これらを兼ねそなえた最強最大の存在なのだからな！」

　レザマの笑い声が響く。最高の攻撃力と最高の防御力があればすなわち最強足りうる。なんとも乱暴な話だが、それを具現化させてこその神獣級といえよう。

「お父様、私たちは勝てるのでしょうか……」

バハムートドミニオンの暴威を前に、アンナは気圧されていた。あらゆる攻撃がロードグリフォンを破壊するに足り、逆にこちらの剣を届かせることすら難しい。倒す方法などまるで思いつかない――。

「おう。少しばかり面倒くせぇが、どうにかなるだろ。暴れまわってくれたおかげであいつの欠点もわかってきたことだしな」

ワットはまったく気楽な様子で頷いた。アンナが目を見開く。欠点？　神獣級にそんなものがあるのだろうか。

「バハムートドミニオンはレザマそのものだよ。力だけを求めてぶくぶくと膨れ上がった醜い化け物だ。確かに破壊力だけ見ればとびっきりだが、あいつはロクに鍛えられていない。そんな力は脆いものさ」

ワットが目を細める。それじゃあいっちょやるか、となんとも気の抜けるようなことを言いつつバハムートドミニオンに切っ先を向けた。

「確かにご立派な鉄獣機だよ。しかしレザマ、立派なのは入れ物ばかりで中身のお前はまったく大したことがねぇ。これならうちの新人荷運びの方がまだ歯ごたえがあるだろうよ」

「貴様、王となるべきこの私を一介の荷運び風情と一緒にしたか……」

「おっとそうだな。おめーごときと比べるなんざ、うちの新人に失礼だったわ」

「……死ね！」

レザマはなおさらに頭に血を上らせ、バハムートドミニオンをがむしゃらに突っ込ませてくる。

特大剣を振り上げ、破壊的な暴風を顕現させる。あらゆるものを破砕する一撃。これを受け止めることなどできず、ロードグリフォンは逃げまどうことしかできない――だが。

「待ってたぜ、そいつをよ！」

ワットは回避を選ばなかった。むしろ自ら刃の下へと踏み込んでゆく。特大剣が振り下ろされるよりなお早く、バハムートドミニオンの懐へと潜り込む。焦ったのはレザマのほうだった。

「なんだとっ⁉　くっ、起動せよ『フェザースフィア』……！」

「遅いのさ」

タイダルサーベランスの暴風が消失し、翼から羽根が舞い上がってゆく。それを待つことなく、ロードグリフォンが双剣を一閃(いっせん)した。狙うは特大剣を握る腕。そしてバハムートドミニオンの身体(からだ)を蹴りながら駆け上がり、華麗な宙返りを見せる。ロードグリフォンの後を追うようにして、斬り飛ばされた巨腕が宙を舞った。

一拍の間をおいてズシン、と地響きを上げて巨腕が落ちる。ようやくフェザースフィアが殺到する中、ロードグリフォンはバク転を繰り返して間合いの外へと引いていった。

「なっ……にぃぃぃ⁉　貴様ァ！　我が腕が、腕をぉぉォッ⁉」

「ああ、斬ったさ。お前、フェザースフィアを使うときにタイダルサーベランスを消していただろう。ご自慢の凌駕魔力技だが、どうやら同時には使えないようだな？」

レザマがぐっと反論の言葉を飲み込んだ。その振る舞いこそが何より雄弁に答えを示しているというのに。

「図星か。お前のバハムートドミニオン、さすがは神獣級だ、確かに強力無比だったよ。だが不必要に強くしすぎたな。魔力が足りなくなるくらいに！」

あまりにも強力な凌駕魔力技の数々。だが同時に、凌駕魔力技はその強さに見合った莫大な魔力を消費する。威圧的な巨体を誇示するバハムートドミニオンであるが、ワットの考えるところそれは、おそらく要求される魔力を賄うためにどんどんと肥大化した結果なのではないか。とどめに戦闘中、レザマは凌駕魔力技を切り替えるように使用していた。そこから導かれる答えはひとつである。

「たったこれだけの戦いで、そこまで見抜けるものなのですね……」

「奴は技量も拙ければ戦いの駆け引きも何もわかっちゃいねぇ。強力な攻撃であればあるほど、素早く相手を仕留めないといけないもんだ。こんなに何度もぶんぶん振り回したんじゃあ自分から欠点を見つけてくれって言ってるようなもんさ」

ワットの積み重ねてきた経験がそれを可能としている。

ここでレザマ自身の技量が高ければ欠点を補うように動くこともできたはずである。しかし彼は機体の性能に頼りっぱなしであり、乗りこなすということをしなかった。本当の弱点は、むしろ鉄機手にこそあると言えるかもしれない。

「鉄獣機の強さを誇る前に、まずてめぇ自身を磨くべきだったな」

「う……煩い煩い煩い！　私に指図をするなァ！」

レザマは突きつけられた事実を受け入れられない。ならばどうするか、全て消してしまう他にない。彼は衝動のままに暴風をまとうタイダルサーベランスを振るい――。

「そいつはもう通じないってんだろ！　ようく見ておきな！」

ロードグリフォンが暴風のギリギリをすり抜けてゆく。もはや間合いは完全に見切られていた。残る巨腕が双剣の錆と化し、呆気なく宙を舞う。一拍遅れてフェザースフィアが起動するも、ロードグリフォンは悠々と間合いの外へと逃れていた。届かぬ羽根が無意味にバハムートドミニオンの周囲を漂う。

「く……寄るな！　私に近寄るなァ!!」

そうしてバハムートドミニオンが初めて後ろに下がった。そこに神獣としての威厳などなく、まるで追い詰められた鼠のごとしである。

レザマは混乱の極みにあった。一体どうすればワットを倒せるのか。ドラゴンズロアで消し飛ばしてしまえば、いやしかしそのためにはフェザースフィアをとめなければならない。凌駕魔力技は同時には起動できないのだから。しかしフェザースフィアをとめれば、今度こそワットの剣は彼まで届くだろう。タイダルサーベランスを正面から返してくるような化け物、近寄られたら迎え撃つ術などない。そうして一度でも恐れてしまえば、もはやレザマはフェザースフィアを手放すことができなくなってしまった。

彼の胸中に湧き上がるもの。それは正しく恐怖であった。なぜだ、最強最大の力を持っているのは彼の方ではなかったのか。なぜ神獣が恐れなくてはならないのか。何度問いかけようとも答えは得られそうにない。

（ば、馬鹿な……神獣級をもってしても勝てぬというのか……？　そのような存在、あってはならぬ！）

　バハムートドミニオンの巨体が一回り縮んだような気さえする。窮地を跳ね返すのに必要なもの、それは勇気と度胸。残念ながらそのどちらもレザマにはなかった。力に任せて潰すような戦いしかしてこなかった報いが今、やってきたのである。

（だっ、だが……だがまだだ！　やはりドラゴンズロアしかない！　これを当てることさえできれば、あの化け物だって葬ることができよう！　そのためには、なんとしても奴の動きに隙を作らねばならぬ……ッ！）

　そう、レザマには勇気も度胸もない。しかし、こと誰かを陥れることに関して彼は類まれなる才能を有していた。追い詰められた頭脳は猛烈な勢いで思考し、とある秘策を弾き出したのである。

　レザマの顔にひび割れたような笑みが浮かんだ。

「フン。貴様の剣とやらは、一体なんのために振るわれるのだ」

「なんだぁ？　いきなり何言ってやがる」

「お前はアンナが自分の娘だと信じている。だからこそ剣を取り、騎士だなどと嘯いている……だが、それがそもそもから間違いだとしたら。どうするのだ？」

「……どういうことだ」

　ロードグリフォンの操縦席で、アンナが息を呑んだ。

エピローグ　折れた剣と眠れる女王

――かかった。

確かな手ごたえを感じる。その証拠にレザマの言葉を無視しえず、ロードグリフォンは動きを止めていた。

（くく……さぁ我が言葉に囚われるがいい。その隙が貴様の命取りとなるのだ！）

ここからが彼の真骨頂。密かにドラゴンズロアの準備をしながら、それを悟られないようさらに言葉を重ねる。

「ふぅん。そもそも貴様はなぜ剣を取ったのだ？　ああ、アンナに剣を捧(ささ)げるといったか。だがなぁ……それも全て、アンナが実の娘であるという前提に依(よ)っているのではないか？」

ワットからの反応はない。しかし構いはしない、聞けば聞くほどレザマの毒は染み込んでゆくのだから。

「貴様はアンナ当人がそう言ったからと、間抜けにも鵜呑(うの)みにしていたのであろう？　だが深く考えたことはあるか、果たしてそれは真実かと。わからぬよなぁ？　確かにアンナはそのように聞かされ、信じてきたのかもしれぬ。……だが本人が真実を確かめることは決してできない。全ては他者より聞かされてきた結果でしかないのだからなぁ！」

「そっ、それは……！　私は……ッ！」

彼の毒が真っ先に蝕んだのは誰よりアンナの方であった。彼女は体中を駆け巡る震えを抑えることができず、思わず自身を抱きしめる。

今すぐそれは嘘だと声を上げたい、しかし一方で完全な否定は不可能だと理解してしまってもいた。いかにアンナが聡明とて生まれた時の記憶を鮮明に覚えているなどということはない。レザマの言う通り、全ては成長し物心がついた後に周囲から聞かされたことでしかない。

騙されてはいけない、こんなものはレザマの苦し紛れの嘘である――心はそうわかっていても一方で不安が脳裏に湧きおこる。万に一つ、億に一つでもレザマが真実を語っているのだとすれば。

今までアンナを支えてきた土台がガラガラと崩れてゆく音が聞こえた気がした。

父親の反応を確かめたい。しかしもしも彼からアンナは本当の娘ではないと思われていたら、唯一にして最大の味方に見放されてしまうかもしれない。そう思うと怖くて確かめる勇気を持てず、彼女はただ両手を握り締めて震えることしかできずにいた。

そんな張り詰めた空気を吹き飛ばしたのは、ワットの呆れたような声だった。

「何をいまさら。そんなことが問題なのかよ？」

「なに……ィ」

あまりにもあっけらかんと言われたものだから、逆にレザマが呆然としてしまう。

「レザマ、お前は前提から間違えてんだよ。アンナが俺の実の娘かどうかなんて、最初からどうでもいいのさ」

その時ふと、レザマは息苦しさを覚えていることに気付いた。何かが息を妨げている、まるで空気が重さを増したように感じる。そうして彼は理解した。その原因が、ロードグリフォンから放たれつつある濃密な怒りの気配によるものだと。

「アンナはカリナジェミアの娘、俺が生涯で最高に愛した女の娘だ。この剣を捧げ守ることに、それ以外の理由なんて何ひとつ要(い)りやしない！」

　アンナの胸中に巣くっていた不安がすとんと落ちてゆく。ああそうだ、思えばワットは出会った時からずっと迷いなく力を貸してくれたではないか。いまさらレザマごときの言葉に揺らぐことはない。ならば彼女も最後まで信じるのみである。

　最後のあがきであった言葉の毒すら跳ね返され、レザマはさらに追い詰められていた。他に何かないか、頭を振り絞り辛うじて言葉を吐き出す。

「そ、そうである！　カリナジェミアは既に私の妻なのだ！　敗者である貴様が未(いま)だ執着するなど、見苦しいにもほどがあろう！」

「……わかってるさ。それもかつて俺たちが選んだ道だ。だから、これは俺の……俺だけの理由。俺の意地でしかねぇ」

　そしてその全てはなんの効果もなく、その全てが間違いであった。

　ロードグリフォンが咆哮(ほうこう)のごとく蒸気を噴き出す。鉄獣機(マシンスティール)は鉄機手(スティールライダー)の感情に同調する、戦いの再開へ向け機体もまた高揚していた。

「俺のことはなんとでも言えばいいがな、レザマ。お前はアンナまで貶(おと)めた。そろそろその下らねぇ口を閉じな、もう言い残す言葉もねぇだろう」

ロードグリフォンから放たれる気配がはっきりと殺気へと変じる。かつて近衛騎士の切っ先にあった戦士による、研ぎ澄まされた刃のような重圧。それは権力者として生きてきたレザマが今までに感じたことのない、恐るべき死の気配を伴っていた。彼に耐えきるだけの胆力などない。知らず知らず震え出しそうになる身体を強引に抑えつけ、レザマは自棄気味に叫んでいた。

「それに！　こっ、ここにはカリナも共に乗っているのだぞ！　貴様は愛した女とやらに剣を向けるというのか！」

「無駄よ、レザマ……。彼は彼の信じた道をゆくわ。私も、そんな彼のことを信じてきたのよ」

狼狽しきったレザマは、背後でカリナジェミアが悲しそうな目で彼のことを見つめていることにも気づかずにいた。果たしてワットは告げる。

「向けるさ。見届けてくれ、カリナ。俺たちの道の果て、決着を！　征くぞロードグリフォン……出力全開、排熱開放、魔力最大循環開始！」

ロードグリフォンの機体から陽炎が立ち上る。魔心核に詰め込まれた魔石をガンガンと喰い荒らし、猛り狂う魔力の奔流が機体の全身を駆け巡っていった。

「その目に刻みこめ！　魔力技起動……『獣機変』!!」

ロードグリフォンが魔力技を発動すると同時、その姿が変じ始めた。腕が後方に折りたたまれ、双剣は後部装甲と一体化して巨大な翼へと。両脚が展開し四つ脚を成し、兜は変じ鷲のごとき形となる。鉄獣機が元となった魔物の姿を取り戻してゆく――鷲の頭部、翼と獣の四肢を持つ『グリフォン』の姿へと。

蒸気と共にまるで生きているのかのごとく甲高い鳴き声を上げ、変形を終えたロードグリフォンが大空へと舞い上がった。溢れ出す魔力の猛りで周囲の景色が揺らぐ。翼に装着された双剣が魔力を帯び淡い光を放ち、グリフォンは宙に軌跡を残しながら王宮の上空を旋回した。

「ほざけぇッ！　魔物に成り下がった分際で頭に乗りおってぇッ!!　起動せよ凌駕魔力技ゥ『ドラゴンズロア』ッッッ!!　私に逆らう者を焼き尽くせ!!」

バハムートドミニオンの両肩から光が迸り、天へと伸びた。あらゆるものを破壊し焼き尽くす竜の光はしかし、縦横に翔けるロードグリフォンの影すら捉えることができない。王都の空に伸びる光を、住民たちがざわつきながら眺めていた。

躍起になって光を振り回していると、やがてそれは急速に失われていった。両肩の竜種の顎門が閉じてゆく。

「ど、どうしたバハムートドミニオン。貴様は神獣であろう！　この程度で力果てるなど許されぬぞ!!」

「つくづくどうしようもねぇ野郎だな。力尽くしか知らねぇから機体の限界も把握しちゃいない」

いかな神獣級とはいえ無限に魔力があるわけではない。凌駕魔力技の莫大な消費によって限界が訪れたのである。

ワットはため息を漏らす。わかっていたことだが、あまりにもお粗末がすぎた。そうしてこの隙を見逃してやる理由もない。ロードグリフォンを旋回させると、バハムートドミニオンめがけて急降下を開始した。

レザマが目を見開く。天から終わりが降ってくる。

「あああぁぁぁッ！　来るな来るな来るな来るな来るなぁぁァ！　『フェザースフィア』よォ！　奴を近づけるなァ……ッ‼」

　バハムートドミニオンは動くことすら諦め、残る魔力を絞り出すようにして翼を広げた。羽根が舞い上がるのと同時、膝を折ってうずくまる。最後の悪あがきを乗せた刃の羽根は、本体の護りすらかなぐり捨ててロードグリフォンめがけ飛び出していった。

「来なよ、全部潰してやるさ！　蹴散らせ、ウイングエッジ！」

　ロードグリフォンが双剣と一体化した翼を広げ迎え撃つ。あらゆる方向から襲いくる羽根は、グリフォンのひと羽ばたきごとに斬り散らされバラバラと落下していった。とうとう空にはロードグリフォン以外に動くものがいなくなる。

「ハッ……！　ハッハッ、ハ……ッ‼　有りえぬ、有りえぬ有りえぬ有りえぬ有りえぬ！　この私がぁぁぁッ‼」

　残っているのはもはや動くことすらままならない死に体の神獣のみ。ワットは目を眇める。このまま獣機変で突撃すればバハムートドミニオンを破壊することは容易い。しかしその攻撃は中に乗るレザマのみならず、カリナをも討つことだろう。それ自体はワットも、カリナも覚悟のうちである。だが――。

　ワットは共に操縦席に乗るアンナへと目をやった。ワット・シアーズは誰がための剣か？　アンナ・オグデンの騎士たる彼が、ただただ自分たちの決着に囚われたままで良いのか。そう考えたところで、自然と為すべきことは見えてきた。ワットはロードグリフォンに命じる。

「獣機変、解除（リリース）！」

人の形へと戻ったロードグリフォンが剣を手に取る。構えるのは、かつての決闘で折られた剣。

「お前の終わりにゃあ、こいつでちょうどいい！」

「ひぃっ……あぁッ⁉」

取り乱したレザマはもはや操縦すら投げ出し、無様にも妻に取りすがった。カリナは憐（あわ）れみを浮かべることもなく、レザマに代わって操縦桿（そうじゅうかん）を摑（つか）む。彼女もまた為すべきことを理解しており。

そうしてバハムートドミニオンがロードグリフォンを受け入れるかのように、残った小腕を広げた。

「さぁ、終わりにしましょう。騎士……ワット」

激突の瞬間、ワットはバハムートドミニオンの操縦席で微笑むカリナジェミアの姿を見た気がした。全てを受け入れ覚悟したものだけが浮かべる笑み。だからワットも頷（うなず）き、進む。躊躇（ためら）いなく、迷いなく。

ロードグリフォンの折れた剣が、まっすぐにバハムートドミニオンの胸へと突き立った――。

◆

「お父様、いつまでお休みしているのですか。だらしがないですよ」

「ふぁあああ～あ゛あ～……もうひと眠りだけ……」

「ダメです」

無慈悲なひと言と共に布団がはぎとられてゆく。ひんやりとした朝の空気の侵略を受けてワットはようやく目を開いた。

寝ぐせだらけの頭をぼりぼりと搔く。あくび交じりに周りを見回せば、そこはフロントエッジシティの自宅ではなかった。かといって王都の宿というには内装が豪華すぎる。そこまで考えて思い出す、ここは王宮の一室なのだと。王宮住まいに戻ったアンナによって用意されたものだ。立派なのは結構だが、どうにも落ち着かない部屋であった。

「ちっとくらいいいじゃねぇか、別に仕事の日でもないんだから」

「いけません、休みだからといつまでもだらだらとしていては。健康な毎日は規則正しい生活からです!」

抗議の声はあっさりと無視され、アンナが容赦なくカーテンを引き開けた。遠慮のない朝日は寝ぼけ眼にとてもつらい。

「うおおぬん……」

石の下から出てきた虫よろしく手さぐりで布団を探し求め、結局腰に手を当てた娘が立ちはだかったことによってついに父は諦めたのだった。

「お父様、身支度をお願いしますね。朝食が冷めてしまいますから」

「へ~いへい」

部屋から追い出されるようにして洗面所へ。手早く髪型を整え、無精髭をそる。その頃には眠気も抜けて頭がはっきりとしてきた。一息つき着替えを取り出そうと開いたクローゼットで、用意された近衛騎士団の制服を見つける。もう二度と袖を通すことはないと思っていた服。改めてしげしげと眺めた後にぽつりとつぶやいた。

「……若造(ガキ)の頃はともかくオッサンにはちと辛いぞ、このデザイン」

まったく駅員の仕事が身に沁(し)みついている。制服を着て宮仕えなんて考えただけでぞっとしない。しかし騎士に復帰するのだと、勢いとはいえ自分で言い放ったのだから尻ぬぐいはせねばなるまい。

「まったくオッサンにゃあ荷が重いこった」

つらつらと考えながら部屋を出ると、そこにはアンナが待ち構えていた。

「お父様、お待ちしていました。さぁ一緒に朝食をとりましょう」

「なんだ、わざわざ待っていてくれたのか。先に食べててよかったのによ」

「ダメです、一緒にいただきましょう。だって家族なのですから」

フロントエッジシティで暮らしていた時のようにはしゃいだ笑顔で言われたのだから敵(かな)わない。

さても、まずは手のかかる娘に付き合うとしようか。

◆

「ワットはいるか？　ああちょうどいい、アンナ様もご一緒か」

「やっほ～師匠、アンナ！　あ、ごはん美味しそう。僕ももらっていい？」

「まぁ、メディエさんにオットーさん！　皆さまこちらへどうぞ！」

眠りに続いて朝食もゆっくりとはしていられない運命にあるのか。急に現れたソコム父娘が何食わぬ顔でテーブルにつく。ワットはちらと追い払おうかと思ったが、二人で食べるにはちょっと重い量の朝食が出てきたので黙って協力願うことにした。

「俺は今日、一日休みって決めてるんで」

「何を暢気なことを。ワット、君はアンナ様の筆頭騎士なのだから休んでいる暇などないぞ」

「あなたこそ女王派貴族の筆頭としてお忙しいんじゃあないですかね、ソコム男爵閣下」

「まったくもって猫の手も借りたい有様だな」

「ふふふ～。おかげでこれから商会も忙しくなるよ！　なにせ今を時めく女王陛下のお墨付きだからね！」

一人ウキウキした様子でパンにかぶりつくメディエに、オットーのため息が深くなる。

あの戴冠式において、オットー・ソコム男爵はまっさきにアンナの支持を表明したことにより、周囲から女王派の筆頭であると認識されていた。家格だけでいえばより高位の貴族も派閥内にはいるが、あの場で立ち上がったのは彼である。なによりも女王当人からの信頼もこの上なく篤いとなれば、後からでしゃばることも難しい。とはいえ女王派は寄り合い所帯もいいところな新興の派閥である。舵取りの苦労は尽きず、オットーとしてはより相応しい人物を見つけてさっさと明け渡してしまいたくもあった。

加えて彼の肩にのしかかるのがソコム商会としての活動である。もとから王国縦断鉄脚道を通じて活発だった商取引が、女王のお墨付きがついたことによりさらに勢いを増すことが確実となってきた。いくらオットーが有能な人物とはいえ身体は一人、派閥と商会の運営を同時に回すのはさすがに手に余る。そこで商会の方はメディエへと引き継ぐことになった。

元から計画はあった。しかしそれはオットーが老境に入る頃にはという話であって、今急にとなると不安が尽きないというのが正直なところである。とはいえメディエもう子供ではないし、しかも当人はやたら張り切っているのだ。後は優秀な部下たちが支えてくれることを祈るしかない。

「せめて派閥の運営はわかちあいたいところだな？　王国筆頭騎士のワット殿」

「く、近衛騎士は自分で言い出したからともかく、王国筆頭騎士の方はいらないぞ！　そんなもんはキャロにでもくれてやらァ！」

電撃的な復帰と、直後の決闘にて神獣級を打ち破るという活躍により、ワットは再び王国筆頭騎士として推薦を受けていた。これもまた悩みどころである。あと十年も若ければ喜んで受け入れていたかもしれないが、今となっては余計な肩書という他ない。

そしてご指名の人物はといえば。

「あら。べつに私はそんな肩書き必要ないからワットに返しておくわ。後はよろしくね」

「キャロ、お前もか……！」

いつの間にかいて、いつの間にか勝手に茶を注いでいたキャロームがにこやかに告げてくる。

「さすが、王宮の茶は質がいいわね。ワットには勿体ないくらいよ」

「んだとぉ。つうか最近何かと忙しいんだ、お前も手伝ってくれよ」

「悪いけれど近衛騎士は陛下を守ることこそが役目、政の方には関われないわ。あなたたちの頑張りを見守らせてもらうわね」

すまし顔でカップを傾けるキャロームを、ワットが睨みつける。

「ギィーレ監獄であんだけ大暴れしておいて、いまさら何言ってやがるんだ」

「ゴホ、コホン！　あ、あれは然るべき根拠あってのことです！　私情で動いたわけではありません！　……ないはずよ」

「ま、わぁってるって。あん時は助かったよ」

キャロームの目が盛大に泳いでいる。ツッコミどころは山ほどあるが、助けられたのは確かなのであまり深くは追及しないでおく。

結局、朝食はやたらと大所帯となり、皆で分け合うことになった。のんびりと食後の茶を嗜んでいると、ふとアンナがつぶやく。

「そういえば、お養父様の様子は……」

「ああうん。ありゃあもう無理だな」

ワットが騎士への復帰を宣言した戴冠式と決闘騒ぎからしばらくの時が過ぎた。王宮のど真ん中で聖獣級と神獣級の大決戦が繰り広げられるという大事件は、未だに宮中の語り草としてあちこちで話題になっている。

あの時、ワット・シアーズのロードグリフォンによる攻撃はギリギリでバハムートドミニオンの操縦席をかすめて制御の中枢たる魔物の頭蓋骨だけを砕いていた。バハムートドミニオンの機能停止を確かめた瞬間、キャロームがワットとアンナの勝利を宣言し。決闘のルール通り、ワットたちは相手の命を奪うことなく勝利を手にしたのである。

――そう、レザマ・オグデンはまだ生きている。

(俺はお前を殺しはしないぜ。そんなことをしたって、もう何も嬉(うれ)しかないんでね。俺の剣は守るためのものなんだよ)

とはいえ確かに生き残りはしたものの、レザマは決闘からこちらずっと床に伏せっていた。その姿はまるで老人のごとく萎れ、生気というものが感じられない。これまで他者から奪い続けてきたレザマは、本物の死と困難に直面しあっさりと心折れてしまったのである。

元より強引なやり口に反感を買っていたのを彼の持つ力でねじ伏せてきたところ、その力の象徴ともいえる神獣級鉄獣機を正面から破壊されたのである。それまで顔色を窺(うかが)っていた貴族たちは一斉に離反し、さらに元からの支持者の中からもレザマを見限る者が続出した。そうして第一王子派(レザマ)は誰が何をするでもなく、静かに瓦解していったのである。

多くの者に見限られたレザマであったが、ただ妻であるカリナジェミアだけは側を離れず彼を支え続けているのだという。

結局、あれからカリナとは言葉を交わさずじまいであったが、ワットはそれでいいと思っていた。そんなものがなくとも彼らは互いの信じる道をゆくと、理解しているのだから。

斯(か)くして十七年前から続く因縁に、ひとつの区切りがついた。これからは未来と向き合う時間であり――何よりワットには支えなくてはならない存在がいる。

「結局、非道を働けば報いを受けることになるのさ。そうだろ？　アンナ・オグデン新女王陛下」

決闘騒ぎの後、継承選争(レガリスベルム)は予定通り一度仕切り直しとなり、複数の候補者が立ったことにより貴族による投票をもって決着した。そこで圧倒的大多数の支持を集め――アンナ・オグデンは、オグデン王国の新たな女王の座へと着いたのである。

「なんだかまだ実感がありません……」

「そんなことでは困りますな、女王陛下。これからが本当の戦いと言っても過言ではないのですから」

オットーが腕組みをして唸(うな)る。一時は大多数の貴族から支持を得た新女王であるが、言うほど安泰ということはない。それはいわばレザマの暴走の反動のようなものであって、今は彼女の旗の下に集まった貴族たちもいずれそれぞれの思惑を胸に動き出すだろうことは明白だからだ。彼らはなくてはならない支持者であり王国の運営に欠かすことができない存在ではあるが、野放図を許すことはできない。

「俺も、オットーさんも力になる。だがアンナ、これはお前が向き合ってゆくべき問題だぞ」

「……はい、わかっています。継承選争に出ると決めた時から、覚悟はしておりましたから」

課題は山積みであった。なにせ女王派自体がにわかに立ち上がった派閥であるだけに、貴族との距離感がまったく醸成されていない。そんな中を海千山千の貴族たちを相手に立ち回ってゆかねばならないのである。

しかしワットは案外なんとかなるのではないかと思っている。なぜならアンナは全盛期のレザマを相手に正面から立ち向かった度胸の持ち主なのだから。顔色を窺うばかりの貴族たちなど相手にもなるまい。

「私は……皆が安心して暮らせるよう、精一杯頑張ってみます！」

「ああ、やってみな。なぁに、ちっとばかし危なくなっても俺がついてる。この剣で守ってやるさ」

「はい！　それではお父様、この後さっそく公務に向かいましょう！　やるべきことはまだまだたくさんありますから！」

「えっ。俺は今日休みって……。はい、いきますか……」

それとして元気いっぱいの女王に付き合うのは歳をくったオッサンにはなかなか辛いものがあった。なんというか体力の最大値が違うような気がしてならない。しかも拒否という選択肢はないも同然なのだ。父であり騎士の辛いところである。

そうしてなんとか気合を入れて立ち上がると、アンナがするりと腕を絡めてきた。

「これからもよろしくお願いしますね、私の筆頭騎士様！」

「自分で言ったことだしなぁ。頑張りますよっと」

腕の重みを支えながらしみじみ思う。本当に、父親とは大変であると。


この日以降、アンナは積極的に貴族たちとの話し合いの場を設けてゆく。彼女のことを王女時代と同じように控えめで目立たない存在だと侮っていた貴族たちも、その強い心を前に一筋縄ではいかないと思い知ることになる。そうしていつしかアンナは周囲から『眠れる女王が目覚めを迎えた』と囁かれるようになってゆくのである――。

◆

――クスクス、クスクス。さざめくような笑い声が、密やかに反響する。

「あーれれ父上はもうダメだね～」

「あーれれ父上も詰めが甘いよね～」

「だから王になれないんだ～」

「だから姉上なんかに負けちゃうんだ～」

――くるくる、くるくる。少年と少女は互いにステップを刻み、観客のいない踊りを披露する。

「聞いた？　姉上が新しい女王なんだって」

「聞いた？　姉上は張り切ってるんだって」

「そんなの嫌だよね」

「そんなのつまらないよね」

「姉上が治める国なんて、どうせ上手くいかないよ」

「姉上が治める国なんて、めちゃくちゃにしちゃおうよ」

二人だけの空間。互いに腕を組み手を合わせ、よく似た顔立ちを近づけ合う。

「僕たちならもっと上手くやれるよね」

「僕たちならもっと楽しくやれるよね」

「やっちゃう?」

「やっちゃおうか」

「お祭りだね」

「盛り上げないとね」

端正な顔立ちに邪悪さの滲む笑みを浮かべながら、彼らは心底から愉しそうに嗤う。

「そうだ、父上の力も使っちゃおうよ」

「じゃあ、あの玩具ももらっちゃおうよ」

「きっときっと楽しいよ」

「みんなみんなで踊ろうよ」

「「あははは、ははは……」」

声は暗闇へと吸い込まれるように消えてゆき、後には静けさだけが残る。

オグデン王国に平穏が訪れたのはほんのわずかな間のこと。やがて訪れる嵐の日々が、新米女王に更なる試練を課す――。

あとがき

はじめまして、あるいはご無沙汰しております。天酒之瓢と申します。

ここまでお読みいただいた方も、最初にあとがきをご確認になる方も。まずはこの本をお手に取っていただき誠にありがとうございます。


本作品はドリコム様からお声がけをいただいたことで、書き下ろしとして製作いたしました。元はWEB発の作家としてデビューし、その後も書籍とWEBを両輪として活動してきた私としては挑戦的な試みとなります。

それ以前より「主人公の前に突然、身に覚えのない娘が現れて始まる話」を各所に奏上していたものですが、なかなか拾われることもなく。今回ドリコム様にGOをいただいたことでこうして陽の目を見ることが出来ました。

思い返せば初期の案では主人公は売れない探偵で娘は男装の少女、さらに仲間の男はマフィアの若頭と、今にして思えば少々時代がかってひねた代物でありました。それが推敲を重ねるうちにずいぶんと素直なシナリオへと変化を遂げてゆきましたが、それでも「父と娘」の部分は核として残り続け、結果としてより高密度に描き出せたのではないかと思っております。

斯くて始まった隠居オッサンと娘の物語、お楽しみいただければ幸いです。

末筆ながら、本作を刊行するにあたりお力添えをいただきました編集部の方々、担当編集のF様に深くお礼申し上げます。

そして特にイラストを担当していただいたみことあけみ先生。先生には美麗なイラストを提供していただけたのみならず、ともすれば作者自身よりも強い情熱をもって取り組んでいただき、描き出される素晴らしいデザインの数々に物語の側も大きな影響を受けました。さらなる世界観の広がりをもたらしてくださり、感謝の念に堪えません。重ねてお礼申し上げます。

それでは皆様、これからも末永くよろしくお願いいたします。

DRE NOVELS

隠居暮らしのおっさん、女王陛下の剣となる
～引退騎士は娘のために王国筆頭騎士に返り咲く～

2024年5月10日　初版第一刷発行

著者　天酒之瓢
発行者　宮崎誠司
発行所　株式会社ドリコム
〒141-6019　東京都品川区大崎2-1-1
TEL　050-3101-9968
発売元　株式会社星雲社（共同出版社・流通責任出版社）
〒112-0005　東京都文京区水道1-3-30
TEL　03-3868-3275
担当編集　藤原大樹
装丁　AFTERGLOW
印刷所　図書印刷株式会社

ISBN978-4-434-33341-5

ファンレター、作品のご感想をお待ちしております。

右の二次元コードから専用フォームにアクセスし、作品と宛先を入力の上、コメントをお寄せ下さい。
※アクセスの際に発生する通信費等はご負担ください。